ほかに好きなひとができた

加藤 元

PHP
文芸文庫

○本表紙デザイン＋ロゴ＝川上成夫

ほかに好きなひとができた【目次】

第一話　口裂け女

一

この街には、寺が多い。

目抜き通り沿いには、仏具屋や仏壇屋が軒《のき》を並べている。古着屋や古道具屋も少なくない。その中の一軒が、宮原《みやはら》リサイクル家具店である。小さな細いビルの一階が店舗と事務所、二、三階が倉庫として使われている。午前十時開店。十二月はじめのその朝、宮原祐史《ゆうじ》が出勤したのは、九時五十三分だった。

「おはよう」

店長の宮原貴子《たかこ》はすでに来ていた。ふだんよりかなり野太い声だ。

「おはようございます」

貴子店長《さま》、本日のご機嫌はうるわしくなさそうだ。無理もない。お気に入りの従業員であった神崎登吾《かんざきとうご》が辞めたばかりだからな。

祐史は店内の電気をつけ、棚と棚の狭い隙間に躰を押し込んで、どうにかかすり抜けた。シャッターのロックを外し、がらがらと引きあげる。棚のいくつかは台車の上に載せられている。それらを店頭に陳列《ちんれつ》するのが、朝いちばんの作業である。

「祐史くん」

貴子店長が、太いうえさらに尖《とが》った声をかけてきた。

「明日から、もうちょっとはやく出社できない？　十時に開店って、十時にシャッターを開けることじゃないのよ」

祐史は、はあ、と口の中で返事をした。貴子店長は、今朝も早くから準備完了。眉毛《まゆげ》はきりりと美しく、睫毛《まつげ》はぱっちり。アイラインくっきり。チークは健康的なバラ色で、毛穴レスの赤ちゃん肌に仕上がった、見事なファンデーション技術だ。毎日、ご苦労さまだなあ。俺にはとても真似ができない。女に生まれなくてよかった。

「せめて十五分ははやく来るのが社会人の常識ってものでしょう。登吾はそうしていたわよ」

「はい」

はいはい、はいはい。

けどね、店長。そもそも、俺が店開け作業を務めなければならない破目《はめ》になっているのは、あんたがご贔屓《ひいき》だったその神崎登吾が、急に辞めてくれたお蔭なんですがね。

「神崎くんにも、最後は常識がなかったみたいですね」

祐史が言うと、貴子店長は苛立《いらだ》たしげに応じた。

「本当に、辞める気ならもっと前から言っておいて欲しいもんだわ。そんな一般常識すらわきまえていない子だったなんてね。まったく、あたしもあの子をずいぶん見損なっていたわ」

見る眼がないってことだよ、お義姉《ねえ》さん。祐史は胆《はら》の中で言い返す。

今週いっぱいで辞めさせてください、店長。

その申し出は、二年以上、神崎登吾と一緒に働いて来た祐史にとっても寝耳に水だった。ほんの一週間前のことだ。貴子店長は大いに動揺した。そして、引き止めにかかった。が、いずれ二号店を出したらその店はあなたに任せるつもりでいたのよという甘い慰留《いりゅう》も、本当に辞めるなら今月分の給料は出さないという冷酷な脅《おど》しも聞き入れず、神崎登吾はあっさり姿を消した。

貴子店長の熱い説得を傍《そば》で聞いていた祐史も心穏やかではなかった。辞められたらもっとも迷惑をこうむるのは、いつも組んで仕事をしている自分である。それだけではない。二号店うんぬんの説得には気分を悪くした。そういう風に言われちゃうと、神崎登吾より以前から働いている正社員で、貴子店長の夫の弟でもある自分の立場がまる潰れではないか。

けれど、心のどこかでは思ってもいたのだ。やはりこうなったか、と。

表面上はそつなく仕事をこなしていたけれど、神崎登吾にはどこか危うげな感じがあった。これはこうしてと言えば、素直に「はい」。それはいけないと注意をすると、即座に「わかりました、すみません」。呑み込みもはやい。要領はいい。だが、共に仕事をこなすうち、祐史はいつしか気づいていた。こいつ、なにを言われても、どこか他人ごとみたいな態度だな。

そもそも、神崎登吾の職歴を聞いてみれば、容易に察知できることでもあった。いい年齢《とし》をして、まともな就職をしたことは一度もない。アルバイトを転々としていた男なのだ。しょせん我が身のことじゃないから、簡単に頭を下げられたし、低姿勢を保っていられたのではないか。ひとところに足をとどめる気がない。長く勤めていられる人間じゃなかったのだ、と思う。

「今日は、午後から贄田《にえだ》さんの家のお片づけがあるんだからね。天野《あまの》くんにきっちり教えてあげてよ」

天野くんとは、神崎登吾の欠員補充のため急遽《きゅうきょ》採用したアルバイトの男である。

「はい」

天野祥平《しょうへい》、三十一歳。祐史より齢上だ。とにかく人手が欲しくて採った人材。当たりだろうか、外れだろうか。午後のことを考えるだけで深い溜息が漏れた。

ああ、やりにくいな。

もともと、祐史の「本業」はリサイクルショップの店員ではなく、その「お片づけ」の方である。

＊

店の近所は、表通りはビル街だが、ひとつ裏に入ると、昔ながらの木造家が建ちならぶ住宅地である。若い住人は少なくて、老人の世帯が多い。子供たちが巣立ったのち、老夫妻が残る。やがて夫が死に、妻が死ぬ。そのあとが、宮原リサイクル家具店の出番となる。遺族に頼まれて、遺品の鑑定と引き取りをする。商品として引き取るばかりではない。遺品いっさいの整理、廃棄の手続きも含めて引き受けることがだんだん増えてきた。老人が亡くなり、世帯を畳むたびに、うちも頼む、うちも頼むと方々から声がかかる。そこで、いっそのこと遺品整理業務を本職にしよう、と貴子店長は考えたのだ。

「便利屋さんは価格設定にばらつきがあるしね。うちは明朗会計でいくわ。買取品によってはさらに安くできる」

貴子店長は胸を張る。

「最近では親族が集まって形見分けをすることも少ないし、みんな忙しいからね」

遺品を分類し、家具や家電など、査定できるものばかりでなく、可燃物や不燃物といった大量の不用品を選《よ》りわけ、段ボールに詰めていく。価格のつけられる品を買い取ったあとで、不用品は処分業者に引き渡す。手間も時間もかかる作業だ。祐史はともかく、神崎登吾が雇われたのは、ほぼその作業のためだけだったと言っていい。

今のところ、お客は四キロ四方くらい、同じ区内や隣区の家やマンションに出向くことが多かった。この近辺の独居老人が死に絶えたらどうするのか、ひそかに考えていたが、ぼつぼつと区外の依頼も増えてきた。インターネットやSNSで情報が拡がったお蔭だろう。貴子店長は店の宣伝に熱心で、記事を毎日更新している。

「祐史くんも、近々遺品整理士の資格を取ってね」

貴子店長からは、いつも言われている。彼女は同じことを神崎登吾にも言っていたはずだ。

もっとも、あいつの耳にはまったく留まらなかったようだが。

＊

午後から、天野を連れて贄田家へ行った。裏通りの小路にある、日当たりのよくない、昔ながらの三軒長屋の右側の一軒だった。玄関わきにいくつかの鉢植えが並んでいる。大きく葉を拡げた八つ手と、花の時季を終えたキンモクセイ。どれも祐史の背ほどの高さに育っている。

主を亡くして、これらの木々はどうなるのだろうと、ふと思う。

「お邪魔いたします」

玄関口で、祐史は神妙に頭を下げた。天野も、慌ててそれに続いた。独特の臭気。

「猫がいますね」

小声で言った。すると、家具はかなり傷んでいるんだろうな、と見当がつく。

「小便くせえな」

天野が呟《つぶや》く。祐史は囁《ささや》き声のまま叱った。

「そういうこと、お客さんの前ではぜったいに口にしないでくださいよ」

大丈夫かな、とのっけから不安になる。作業そのものは単純。引越しの手伝いに似ているが、気の遣いようは大いに違う。立居振舞《たちいふるまい》にはじゅうぶん気をつけろ。お客さんの意に沿うよう気を配れ。葬式に参列しているつもりで行動しろ。貴子店長からもさんざん言われたはずなのに、天野はあまりわかっていないようだ。

「わかっているよ、そんなこと」

天野は不服気に口を尖らせた。

「俺がそんな常識知らずに見える？」

見える。現に、職場の先輩である自分に対し、丁寧語すら使おうとしない。年齢が上だから立場も上だと簡単に勘違いできる、学生気分もしくは近所のおじさん感覚で生きている人間のようだ。だからこそ言っているのではないか。

「今日はよろしくお願いしますね」

家の奥から、五十年配の小ぶとりの女性が出て来た。依頼人の贄田さんだ。

「仏さまにご挨拶をさせてください」

祐史が言うと、贄田さんはうっすらと笑ってみせた。

「ご丁寧にありがとうございます。おばあちゃんも喜びます」

玄関を上がると、三畳ほどの台所。そのわきに二階へ通じる急な階段がある。部屋は、台所から四畳半の茶の間、それから六畳ほどの仏間へと縦長に続く。仏間の奥には窓もあるし、天気はいいのに、外からの光はほとんど入って来ないから、すでに蛍光灯がつけてある。

畳の上に、もとはオレンジ色だったと思《おぼ》しきじゅうたんが敷いてあった。祐史はその上に正座すると、仏壇に手を合わせ、線香をあげた。

ほにゃあ、と間延びした声がした。どこからともなく、猫がやって来たのだ。

「あらあら」祐史の背後にいる天野が甘ったるい口調で言う。「可愛い猫ちゃんですね」

よし、それでいい。まずは合格だ。祐史は胸のうちで頷《うなず》く。

「おばあちゃん、いつもここに座ってお経《きょう》をあげていたんですよ」

贄田さんがしんみりと言った。

「あなたが同じようにしてくださったから、おばあちゃんが帰って来たのかと思ったのかもしれません」

こげ茶の縞柄《しまがら》の猫は祐史を凝視《ぎょうし》している。ちっとも可愛くない。眼つきの鋭い、性格の悪そうな猫である。が、天野は気色の悪い裏声で繰り返す。

「可愛いなあ。おいで、猫ちゃん」

うむ、その調子。最低限のお愛想は言うべきである。以前の相棒だった神崎登吾は、お世辞《せじ》ひとつ言えない無口な男だったから、いつも困らされていたものだ。

「猫ちゃん、猫ちゃん」

天野は文字どおりの猫撫で声を出しながら、猫ににじり寄っている。

「俺、猫ちゃん大好きなんですよ。おいで、猫ちゃあん」

しつこい。そろそろいいよ。安心した傍からまた心配になって来た。天野の挙動を不快に感じたらしき猫は、階段の方へ素早く走り去った。

「なつかない子なんですよ」

　贇田さんが気の毒そうに言った。

「亡くなったおばあちゃん以外には、誰にも甘えないんです」

「いかにも猫らしいですね」

　祐史の胸がかすかに痛んだ。

　これから先、甘える相手を見つけられるのかな、あいつ。

「なに宗《しゅう》ですか」

　祐史に代わって仏壇の前に正座しつつ、天野が言った。

「は？」

　贇田さんが眼をまるくする。

「いや、お経を唱えますから。宗派は何ですか」

　祐史も眼を見張っていた。愛想よく、世間話には丁寧に応じろ、とは言っておいたが、なにもわざわざややこしそうな宗派の話題を選ぶことはないだろう。

「あのう、代々、浄土真宗《じょうどしんしゅう》なんですけどね」

「南無阿弥陀仏《なむあみだぶつ》ですか。了解しました」

　天野が両手を合わせ、口の中で唱え出す。

「南無阿弥陀仏、南無阿弥陀仏」

長々と唸《うな》っている。贄田さんは困惑気味だ。祐史はじりじりした。

この男、これで愛想を振りまいているつもりなのだろうか。相手の反応をよく見てからでないと、気遣いやお世辞も無礼になることに気づいていないのか。

「天野さん、そろそろはじめましょう」

祐史は明るい声を張りあげる。

「では、二階から作業に入りますか」

贄田さんがほっとしたように表情をほころばせた。

「お願いします」

ふだん、仕分け作業には、だいたい二日間かけている。遺族の確認のもと、要るものと要らないものに荷を分けていく。箱は山積みになり、ごみ袋も山と積まれる。書籍やレコード、CD、ビデオ、DVD。そのひととともにあり、そのひとの生活を支えてきたもの。洋服、帽子、コート、靴下、蒲団《ふとん》、椅子、毛布。ひとりの人間が生きていたときに使っていた日用品が、死とともに不用なごみになっていく。作業をしながら、祐史は時おりむなしくなる。自分がこの世にいなくなったら、自分の部屋にある本も漫画も写真もみな、ごみになるのだ。

そこに思い至ると、祐史は焦る。遠くない未来、いい相手を必ず見つけて、家庭を持とう。自分がこの世からいなくなったとき、おのれの抜殻《ぬけがら》を惜しんでくれるひとがいないのは、あまりにも寂しい。

そういえば、あいつは違ったな。

祐史は思い出した。辞めた神崎登吾はそんな風には考えなかったようだ。

＊

「ごみになって、きれいさっぱり棄《す》てられたいよ、おれは」

妙に冷めた口ぶりで、そう言っていた。

「結婚して、家庭を持ったところで、奥さんや子供たちが自分を惜しんでくれるとは限らないじゃない」

＊

贄田さんの亡母は、二階の六畳間を寝室にしていたらしい。和箪笥《わだんす》が二棹《ふたさお》あるきりの部屋だったが、一間の押入れを開けると、上段にも下段にも蒲団がぎっしり詰まっている。

「うへえ」

天野が声をあげた。

「おばあちゃん、ひとり暮らしでしたし、たまに泊まりに来る親戚だって多くはなかったから、こんなにお蒲団は使わないんですけどねえ」

贄田さんが、申しわけなさそうに言った。

「十人くらいは、余裕で寝られますね」天野が軽口を叩く。「合宿ができそう」

「私たちも、どこから手をつけていいのかわからなくて」

「古いひとは、物を棄てないですね。うちの死んだばあちゃんもそうでした。買い物のたび包装紙や紙袋を台所の隅に押し込んで、どこからともなく集まった割り箸や使い捨ておしぼりを引き出しに溜めて、まるでごみ屋敷でした」

はははははは、と高笑いをする天野を祐史は睨《にら》みつけた。ごみ屋敷とか、言うな。

「でも、ばあちゃんの家は好きだったなあ。だらしなく積み上げられた物の下に小銭がぼろぼろ落ちていたりして、宝探しができたから」

やめろ。これ以上、よけいなことを言うんじゃねえ。

ようやく祐史の眼つきに気づいたらしい。天野が不満そうな視線を返して来た。

何だよ。文句あるのかよ。お客さんには親しみを込めて話せ。そう言っていたのはおまえだろ。言われたとおり、愛想よく話をしてやっているじゃないか。

おそらく、天野が言いたいことは以上だ。祐史は苛立ちを懸命に抑えた。

俺が言ったのは、節度ある親しみという意味だ。一方的な仲間意識でなれなれしくするのとは違うんだよ。相手の気持ちを逆なでするような軽薄な思いつきばかり並べたてやがって。これなら、いつも黙然《もくねん》としていた神崎登吾の方が、よほどましだ。

「ここのお蒲団は、もうお使いになりませんか？」

気を取り直して訊ねると、贄田さんは答えに詰まる。きっと、使わないのだ。けれど、棄てるのには抵抗がある。たいがいのお客さんがそうなのだ。自分の持ちものを自分の判断で処分するわけではない。ためらいがあるのは当然である。

こういうとき、家族というのはありがたいものだ、と祐史は思う。明らかに要らないものでも、棄てるのをためらう。それはただの「物」ではない。使っていた故人の生活、生きていた証拠そのものだからだろう。

「使わない、ですね」

ややあって、贄田さんはようやく口を開いた。

「処分していただいてけっこうです」

ひとつ決めると、ほんの少し、ためらいは消える。次の判断がはやくなる。しかし、また立ち止まる。その繰り返しが遺品整理の作業だ。

贄田さんに訊きながら、蒲団を引っ張り出し、紐でくくる。それから箪笥の番だ。衣類を分け、段ボール箱に移す。

「ちょっと待って」

祐史の咽喉《のど》から鋭い声が飛ぶ。天野が勝手に引き出しを開けて、中身を不用品箱に移そうとしている。

「そこはまだですよ。贇田さんの確認を取ってからです」

「さっき、この箪笥の中身は不用品だから棄てていいって言っていたでしょ」

天野は、贇田さんの方を見ながら、つっけんどんに言い返した。

「それは一段だけ。次の段になにがあるかわからないですからね」

天野は、ぶすっとした顔で引き出しを閉めた。

「このぶんじゃ、めちゃくちゃ時間がかかるね。とても今日明日じゃ終わらない」

「そこを終わらせる。そういう仕事なんです」

作業を進めるうち、祐史にはわかって来た。

仕事仲間として、天野はかなり困った型《タイプ》の男だ。はじめての仕事、はじめての作業なのだから、わからないことがあればそのたび質問をすべきなのに、天野にはどうやらそれがわずらわしいらしい。勝手に判断をして作業を進めようとする。

「待ってください、天野さん」

祐史が説明をしようとすると、わかっているわかっていると薄笑いして眼を逸《そ》らす。指図を受けたくないようだ。

時間が経つにつれ、苛立ちが増す。仕方がないこととはいえ、ふだんとはだいぶ勝手が違う。初日でも、神崎登吾のときはここまでひどくはなかったと思う。

こいつ、長続きはしないかもしれないな。作業自体は単純だが、向き不向きはある。扱っているのは、あくまでお客さんの思い出であって、不用品ではないことが理解できていない。

憂鬱《ゆううつ》な気分を押し殺しつつ、祐史は空になった箪笥を動かした。

「あれ、何でしょう」

裏には埃《ほこり》にまみれた箱が二つ転がっていた。

「さあ」

贄田さんは首を傾《かし》げる。祐史はひとつを拾いあげ、開けてみた。革財布が入っている。有名なブランドものである。

「ああ、懐かしい」

贄田さんは息を弾《はず》ませた。

「思い出しましたよ。何年も前、喜寿《きじゅ》のお祝いに、子供たちでお金を出し合っておばあちゃんにプレゼントしたものです」

「大事に保存なさっていたのが、なにかの拍子に裏に落ちてしまったようですね。

未使用みたいですよ」

箱から取り上げて眼の前にかざすと、表面のあちこちに妙な穴が開いているのが見えた。異様な臭いが鼻をつく。

「猫の歯型だわ」

贇田さんが舌打ちをする。

「おばあちゃんがせっかく大事にしまっておいたのに、あいつに玩具《おもちゃ》にされたのね」

「そのようですね」

祐史は頷いた。なにかの拍子、じゃないな。おそらく、簞笥の裏に落としたのもあいつの仕業だろう。

「くさいわねえ」

贇田さんが眉を寄せた。さらに、オシッコまでかけられちゃったわけだ。

「これじゃ買い取りはできませんね」

天野がにやにや顔で割り込んだ。

「猫ちゃんには価値がわかりませんからねえ。残念ですね」

祐史は胆で毒づく。何だおまえは、偉そうに。

「こっちの箱は何でしょう」

止める間もなく、天野はもうひとつの箱を拾い上げ、歓声をあげた。

「やった、この箱、へそくり入れですよ。五百円玉貯金だ」

祐史の頰がひくついた。おまえが喜ぶな。おまえのばあちゃんの家で宝探しをしているわけじゃない。

「おばあちゃん、こんなことをしていたのね」

贅田さんの声が潤《うる》む。天野は浮き浮きと言う。

「ずいぶん昔の五百円玉じゃないですか」

勝手に他人《ひと》さまの金をチェックするんじゃない。さっさと贅田さんに渡せ。

「昭和五十六年。まだ生まれていないや、俺」

まるで自分のもののように、しっかり箱を握り込んでいる。浅ましい野郎だ。おまえなんか、そのまま生まれて来さえしなければ、こうして俺を悩ませることもなかったのに。

二

贅田家の作業を終え、店に帰ったのは、夜になってからだった。

「ご苦労さま」

貴子店長が出迎えた。朝からまったく崩れを見せない化粧のままだ。天野は、おつかれーすと口の中でもごもご言いながら奥へ入っていった。不機嫌なのだ。理由ははっきりしている。帰り道、祐史がいろいろ注意をしたのが気に食わないのであろう。

大人げない野郎だ。本当に俺より齢上なのか。いや、齢上だからこそ思い違いをしちゃっているんだろうな。自分の方が立場も能力も上なはずだ、そのような扱いを受けるのが順当だと。

おそらく自分では自尊心《プライド》が高いつもりで振る舞っているのだろう。が、あれは自尊心なんかじゃない。自己愛だ。俺さまは偉い、馬鹿にするやつらはみな殺し。そんな幼児的な自己愛が生きてきた年数のぶんだけ肥大してしまっているんだ。

「ねえ、祐史くん」

貴子店長が顔を寄せて来た。

「ついさっき、ここへ萠《もえ》ちゃんが来たわ」

「仁村《にむら》さんが？」

祐史は足を止めた。仁村萠は、去年までこの店でアルバイトをしていた女だ。そして、神崎登吾の恋人になった女。

「登吾を探しているみたいよ」

貴子店長は、意地悪く笑った。

「彼、ここを辞めること、萠ちゃんに話していなかったのね」

なるほど。すると彼女はとうとう、あいつにふられたんだな。つき合いはじめたのは、去年の秋だった。すると、一年はもったのか。

「登吾ったら、ここを辞めたばかりじゃない。アパートの部屋まで引き払っていたんですって。萠ちゃんはなにも知らなかったみたいなの。ここに来れば会えると思っていたのね。辞めたって言ったら、顔色を変えていたわ」

祐史は眉を寄せた。気の毒に。

「あたしを恨んでいるみたいだった」

「ふえ？」

祐史の咽喉から素《す》っ頓狂《とんきょう》な声が漏れた。

「あの子、以前から登吾とあたしの仲を疑っていたからね。なにか知っていると思ったんでしょう」

貴子店長は、勝ち誇ったような口ぶりだった。

「登吾が辞めた理由も、これではっきりしたわ。萠ちゃんから逃げるためだったのよ」

してやったりというところだなと祐史は思う。貴子店長は、仁村萠にずっと穏やかならぬ感情を抱いていた。可愛い神崎登吾を手に入れたから。自分のことが好きなはずの神崎登吾を迷わせたから。

「逃げた男を追うなんてみっともない真似、やめておけばいいのにね」

神崎登吾は、貴子店長になにを言ってしまったんだろう。どんな失言をして、あたしは恋されていると思い込ませてしまったんだろう。もっとも、あいつは口がうまくない。せいぜい、店長みたいな大人の女性はいいですね、くらいのところか。それだけでも、貴子店長はじゅうぶんに勘違いができる人間だった。祐史自身、仁村萠から言われて仰天《ぎょうてん》したことがあるのだ。

祐史くんって、小学生のころから店長に片思いをしているんでしょう？　店長から聞いたけど。

小学生のとき、兄貴の結婚式に参列して、きれいなお嫁さんだなあ、くらいのことは言ったかもしれない。美人のお姉さんに見とれていただの、照れているだの、周囲の大人たちにからかわれた覚えもある。それが、いつしか貴子店長の脳内では、そんな風に認識されてしまっていたのだ。しかも、他人に自慢げに語るとは、何という独走ぶりであろうか。

嫌いじゃない。好意を持つ。その気持ちと「好き」とは、祐史にとってはけっこうな隔《へだ》たりがある。貴子店長には、それが理解できないのだ。少なくとも、自分自身に関しては。寄せられた好意はすべて意味のある「好き」だと思えるらしい。

幸福なひとだ。祐史は思う。むろん、皮肉を込めて。だが、うらやましい気分もわずかにある。そんな風に楽観的な思い込みができたら、俺ももう少し楽しい毎日が送れるのにな。

そうだ、天野などまだまだ甘い。自己愛の強さでいえば、貴子店長の右に出る者はいない。世界は自分を中心に動いているべき。世の男たちは全員、自分に惚《ほ》れる。女たちは嫉妬《しっと》する。思いどおりにならないことがわずかでもあれば、迷わず怒りを炸裂《さくれつ》させる。幸福な幼児の気分のままに生きている女だ。そのぶん、周囲の人間が大人にならなければならないのだけれども。

「結婚を考えていた矢先に、彼から一方的な別れ話を出されたなんて言っていたけど、本当かしら。登吾が本気で萌ちゃんを相手にしたとは思えないわ」

神崎登吾は、端正《たんせい》な顔立ちをしていた。だから貴子店長に気に入られたのに違いない。引越し屋とか運送屋とか、肉体労働ばかり選んで働いていたようだが、あれはきっと口下手なせいだ。もう少しお愛想が言える性格なら、ほかにもっと向いた職業があったろうと祐史は思う。

あいつに天野くらいの心臓があれば、ホストや水商売ができたのにな。

＊

「神崎くん、もてるよなあ」

やっかみ半分、冷やかしたとき、神崎登吾は表情も変えずに切り返して来たものだった。

「確かにおれは、すぐに相手を好きになってしまう性質なんだ。けど、いつだって長続きはしないよ」

「どうして。飽きっぽいの？」

「飽きるんじゃない。ご機嫌を伺《うかが》うのに疲れるんだ」

「ご機嫌を伺う？　何で」

「好かれ続けるため」

「わからないな」

「そう。疲れて、わからなくなる」

神崎登吾は頷いた。

「自分が本当に好かれているのかも、本当に相手を好きだったのかもわからなくなる。そして、そのうち、次の誰かが現われる」

祐史には、まったく理解ができなかった。

要は、好きなのかどうなのか、あやふやな気持ちで女とつき合っている、ということじゃないのか。で、次から次へと女を乗りかえる。まったくいいご身分だ。

神崎登吾と俺のどこが違うのかなあ。年齢は同じ。学歴は俺の方が高い。あいつは三流の私大、それも中退だ。その点こちらもレベルは大差ない三流大学とはいえ、いちおう卒業はしている身だからな。背だって、百七十八センチもある。神崎は俺より三センチ、いや、五、六センチは低い。そして、性格もましだ。俺の方がずうっとやさしい。と思う。

答えはひとつ。顔だ。あいつは顔がいい。だから、女たちはあいつを選ぶ。世の中はまったく不公平だ。

＊

「祐史くん」

貴子店長が、さらに顔を寄せてきた。

「萠ちゃん、どうしてふられちゃったのか、知っている？　好きなひとができたって、言われたんだって」

「……残酷ですね」

しかし、安心していい。その好きなひととやらも、いずれは仁村萠と同じ目に遭うに違いない。神崎登吾はそういうやつだ。

「他の女に心を移されるなんて、これ以上ないほどはっきりしたふられ方よね。さっさとあきらめた方がいいわ」

「無理ですよ」

思いのほか、強い口調になってしまった。

「本当に好きなら、簡単にはあきらめられないじゃないですか」

「萠ちゃんも、そう言っていたけどね」

そんな目に遭っても、まだ眼が覚めないのか。馬鹿だな。まあ、その点では、俺も仁村萠のことを嗤《わら》えやしない。

「萠ちゃん、要するに重いのよね。重すぎる。病的なのよ。だから登吾が逃げ出したんだわ。無理もない」

愉しいですか、他人の不幸が。

皮肉を言いかけて、呑み込んだ。訊くまでもない。本音はわかっている。現に、貴子店長は愉しんでいるのだ。

三

　祐史が仁村萠から神崎登吾への片思いを打ち明けられたのは、彼女がアルバイトをはじめて三月《みつき》ほど経った初夏のころだった。

「相談があるの」

　思いつめた眼で誘い出され、近所のファミリーレストランで一緒に夕食を食べた。

「神崎くんが好きなんです。どうしたらいいと思いますか?」

　がん、という音が耳もとで鳴った気がした。衝撃だった。ああ、こいつ、神崎が好きだったのか。俺じゃなかったのか。

　といって、それまでも仁村萠に強く気を惹《ひ》かれていたというわけではなかった。それなのに、何だろう、この裏切られ感。

　しかし、宮原リサイクル家具店で働きはじめてから、仁村萠が親しく会話を交わしていた相手は祐史だった。神崎登吾とは朝の挨拶くらいしかしていなかったのだ。毎日にっこり笑顔で話しかけられた挙句《あげく》、真剣な面持《おもも》ちで食事に誘われたら、たいがい俺が意中の相手だと思うよなあ。

「どうしたらって言われても、ねえ」

失望を押し隠しながら、ようやく言った。

「神崎くん、つき合っているひととかいるんでしょうか」

仁村萠は祐史の思いなど気づきもしないらしかった。これが貴子店長なら、「自分のことをひそかに恋している」祐史にこんなことを相談したりはしないだろうに。

「神崎の彼女？　訊いたことはないな」

言うと、仁村萠はぱっと表情を輝かせた。

「訊いてみてくれます？」

何で、俺が。

「男のひと同士の方が、訊き出しやすいですよね。よろしくお願いします」

深々と頭を下げられて、仁村萠の「恋の味方」にされてしまった。祐史に選択の余地はなかった。


「神崎くん、もてるよなあ」

神崎登吾を冷やかしたのは、そのときだ。

「確かにおれは、すぐに相手を好きになってしまう性質なんだ。けど、いつだって長続きはしないよ」

なにを言っていやがる。瞬間的にそう思ったものの、一方で考えた。

もし、仁村萠が好きになったのが、俺だったら？

そうしたら、案外、自分も萠を簡単に好きになったのかもしれない。好かれたら、好きになるという気分は確かにある。

そもそも、別れた恋人、沙紀子《さきこ》とのなれそめがそうだった。沙紀子は率直な女だった。知り合ってまだ間がない時期から、好きだ、という思いを前面に出して、ぐいぐい突進してきた。その勢いに巻き込まれた部分は少なからずある。祐史はあまり押しの強い性質ではない。だから、押されると弱い。むろん、長続きするかどうかは、つき合ってみないとわからないけれど。

むろん、火のないところから煙を立てまくって、勝手に大火事にしてしまう貴子店長のような人間は問題外だ。が、好きになる、ということは、相手によっては、人間と人間との組み合わせによっては、とても簡単なことなのかもしれない。

しかし、その簡単なことは、祐史にはなかなか起こらない。

祐史は、仁村萠の恋愛相談を毎日のように聞かされるようになった。

もっとも、相談といっても、その実は相談でも何でもない。

「神崎くん、私に言ったんです。おれたちは似ているみたいだねって。どう思います？」

眼を潤ませながら、訴えてくる。どう思うか？　正直いって馬鹿らしいと思うが、どう言って欲しいかはわかる。似ているって言われたの、悪い感触じゃないよ。うん、脈があるよね。

「そうですか」仁村萠はあからさまに頰をゆるめる。「私と神崎くん、似ていますか？」

まあ、似ているかもね。祐史は胆で苦く呟く。少なくとも、俺に対して気遣いが足りない点ではね。

まったく割に合わない、ばかばかしい役どころを押しつけられたものだった。祐史としては、仁村萠への義理はとうに済ませていたのだ。

「神崎くん、恋人いるの？」

訊いたとき、神崎登吾は即座に答えたからだ。

「いるよ」

仁村萠にも、それは伝えた。しかし、その瞬間の彼女の泣きそうな顔を見て、うっかり同情した。

「つき合っているとはいえ、もう馴れ合いらしいよ。チャンスがないわけじゃないと思うな」

心にもないことを言って慰めてしまったのだ。

温情が仇《あだ》になったんだな。自業自得ってわけか。祐史は溜息をつきながら、仁村萠のお相手をするしかなかった。

相談相手になるばかりではない。味方として、仁村萠の後押しをしなければならなかった。

祐史は神崎登吾と仁村萠を誘って食事に行った。神崎登吾は寡黙《かもく》だし、仁村萠も話上手ではない。必然的に、みなで盛り上がれる話題は仕事上の出来事に限られる。結果、ほとんどが貴子店長の悪口になった。朝と夜しか店にいない祐史や神崎登吾と違って、一日じゅう貴子店長の傍にいる仁村萠には、だいぶ鬱憤《うっぷん》がたまっていた。

「店長って、私が接客していると、ぜったい横から割り込んで来るんです。そして、自分の話をはじめてしまう。そして、お客さんがなにも買わずに帰ってしまうと、私を叱るんです。あんたの対応がまずいって」

仁村萠は、貴子店長を嫌っていた。

「そりゃ、私の対応も拙《つたな》かったのかもしれませんけど、店長のやり方もあんまりだと思います」

「だよね」

祐史の眼から見ても、貴子店長は、仁村萠に対しては意地悪だった。萠ちゃん、これは違うのよ。気をつけてね。お客の前でわざわざやさしく注意をしている現場を目撃したとき、祐史は思った。上司じゃない、姑《しゅうとめ》だな。

「悪いひとじゃないとは思いますけど、私とは合いません」

「いいや、悪いひとでしょう」

祐史が言うと、仁村萠は救われたように笑い出した。

「お兄さんの奥さんなのに、そんな風に言っちゃ駄目ですよ」

「兄貴の嫁さんだって、俺の好みじゃないもの」

「店長は、そう思ってはいないみたいです」

例の件だ。祐史は舌打ちをした。

「あのひと、男はみんな自分に惚れるはずだと思い込んでいるからね」

口には出せないが、神崎登吾だってそのように思われていることは確実だ。仁村萠もそこに思い至ったらしく、ふっと皮肉な笑いを浮かべた。

「店長は美人だから、自分に強烈な自信があるんですね。うらやましい」

お蔭でこっちはいい迷惑だがな、と祐史は胆で呟く。自信があり過ぎて、他人の思惑をちっとも顧《かえり》みてくれない。

「お兄さんにとっても、自慢の奥さんですよね」

　祐史は苦い笑いを返すしかなかった。

「兄貴はひとがいいからな」

　祐史の兄の口癖は「うちの奥さんは美人でかしこい。そのうえ商売上手だから、頭が上がらないよ」である。困ったことに、皮肉や冗談ではなく、本気で言う。それが貴子店長の自信をよけい強めていることは間違いない。

　二年前、兄夫婦は住んでいたマンションを引っ越した。そのとき頼んだ引越し屋で働いていたのが神崎登吾だったのだという。細身だが、力は強いし、気も利く。そのあたりを見込んで引き抜いたのだと貴子店長は言っていたが、おそらく違う。貴子店長は、神崎登吾が男として気に入ったのだ。

　兄貴もずいぶんなめられたもんだよ、本当に。

「しかし、実際、商売はやり手なんだよな、店長」

　大きくもない店だが、商品の入れ替わりははやいし、繁盛《はんじょう》している。副業のはずだった遺品整理業も、依頼は増える一方だ。その点も評価するしかない。

　祐史が働きはじめて、まる六年。就職浪人をしてアルバイトを探していたら、手伝わないかと声をかけられた。十歳齢上の兄の連れ合いである貴子店長は、実家がビルのテナント業をしていて、けっこうな資産家だった。一介《いっかい》の勤め人である兄が完全に義姉の尻に敷かれているのも、無理はない。

祐史はもともと、貴子店長が扱っているようなアンティーク家具にも、遺品整理業にも、関心が深かったわけではない。しかし、一年間働いてから、正社員にならないか、と訊かれたとき、断る理由も考えつかなかった。

働いていて、たまに不安になる。今の俺には、金持ち義姉さんの縁故《えんこ》だけしかない。まさか俺、ここでこうして働いて、一生を終わるわけじゃないよなあ。

「でも、ああいう美人は口裂け女と同じだよ」

神崎登吾がぼそっと言う。

「口裂け女？」

「自分の若さや美しさにだけしがみついて、しょっちゅうまわりに訊いてまわらなければ安心できない。わたしきれい？　わたしきれい？　ってね」

祐史は吹き出した。

「妖怪扱いかよ。神崎くん、ひどいな」

思い当たる。いい家具が入荷すると、写真に撮ってSNSにアップする。シャッターを押すのは、たいがい祐史か神崎登吾だった。その際、店長は必ず笑顔で写真に写り込む。いつも同じ、決め決めの嫣然《えんぜん》たる笑顔で。そして、コメント欄には必ず賞賛の言葉が躍るのだ。美人店長、きれいな店長さん、と。

商品情報を流すのが主目的ではない。おそらく、そのお世辞を受けたくて、貴子店長は写真を撮るのだ。

「おれも昔は妖怪扱いをされていたよ」神崎登吾が言った。「小学生のころ、かまいたちって渾名《あだな》だった」

「どうして」

神崎登吾は、ゆっくりと脇腹を撫でた。「さあね」

「子供ってひどい渾名をつけるもんだからなあ」

祐史自身は渾名で呼ばれたことはない。たいがい名前のままだ。が、同じクラスにはふとっているからブーちゃん、やせているから骸骨《がいこつ》、ごつい顔立ちだからフランケンシュタインなど、ずいぶんな呼ばれ方をされている子がいたものだった。

「呼び方といえば、祐史くんは身内だからともかく、神崎くんまで名前で呼ぶのもどうかと思うんです」

仁村萠は、眼に怒りをにじませている。

「入ったばかりのころ、神崎くん、やめて欲しいって、ちゃんと言っていたじゃないですか」

すみません、店長。姓で呼んでもらえますか。おれ、名前を呼ばれるの、あまり好きじゃないんです。

「そういえば、言ったね」神崎登吾が穏やかに応じる。「一度じゃなく、二度か三度、そう言った。仁村さん、よく覚えていてくれた」

「だけど、店長、ぜんぜん聞かなかったでしょう。今も名前で呼んでいる」

「あたしはこういう人間なの、我慢して、って言われたから」

声が聞こえるようだ。祐史は失笑した。

「それ、鋼鉄の論理だよね。どうしたって動かせない」

「でも、神崎くんは」仁村萠が、探るように神崎登吾の顔を見ている。「店長に好かれていますよね」

「あのひとは、おれなんか好きじゃないよ」

神崎登吾は即答した。

「好きなのは、自分自身だけでしょう」


あとで、仁村萠が興奮していた。

「神崎くん、男のひとなのに鋭いのね。店長の性格って、男性の眼からは見えないと思っていた。旦那さんだってまったく気にしていないでしょう。むしろ、そこが可愛げに見えるのが普通なのよね」

いやいや、俺にだって見えているよ。きみ、あの場にいたじゃない。ちゃんと話を聞いていた？

「神崎くん、帰りがけに、仁村さんだけはわかってくれるって言っていました。私、期待していいのかな」

言いたいことはひとつならずあったが、神崎登吾で頭がいっぱいの仁村萠の耳に届くわけもない。黙っている。

何度も何度も、三人で食事会をした。ボーリングにも、カラオケにも行った。祐史がそんなひとのいい真似をした理由は、たったひとつ。暇だったからである。仕事を終えて、まっすぐ家に帰れば、母親や父親がいたましげな視線を送ってくる。こいつ、また家にいるのか。以前の彼女と別れてから、新しい出会いはないのか。よっぽどもてないのか。将来は大丈夫なのか。そんな眼で見られるよりは、相手や目的がどんなものであれ、外で時間を潰している方が、祐史としても面目が立ったのだ。

しかし、そのうち、あまりの進展のなさに、耐えがたくなってきた。

「告白してみたらいいじゃないか」

けしかけたのは、祐史だ。正直いって、確信していた。仁村萠は告白し、ふられるだろう。だが、それは俺のせいじゃない。恋の味方は、もうたくさんだ。

事態は、祐史の予想とは正反対の方向へ向かった。

「ありがとう。言うとおりにしてよかった」

仁村萠は浮き浮きと報告して来たのだった。

「今、つき合っているひとがいるけど、もう好きだという感情はないんだって。だから、別れてわたしとつき合ってくれるんだって」

仁村萠は、あの日、舞い上がるような幸福を感じていただろう。終わりの日を迎えることなど、想像もしていなかったに違いない。

祐史は、予想していた。

神崎登吾め、移り気なんだ。自分でも言っていたじゃないか。「長続きはしないよ」と。可哀想に。いずれ破局は来るんだろう。


祐史と沙紀子は、大学時代を通してつき合った。ひとり暮らしの彼女の部屋に入り浸りの半同棲生活を過ごして、卒業と同時に破局した。

それから六年。情けないことに、いまだに忘れられない。出会ったとき。はじめてお互いに思いを口にしたとき。最初の夜に続く朝。いい思い出は、はじめの二年に集中している。やがて欠点が気に障《さわ》りだして、最後のころは喧嘩ばかり。お互いにうんざりしていたはずだった。すぐに次の相手を見つけられると思った。だが、そうはいかなかった。

地元へ帰って就職した彼女には、新しい男ができたという。だが、祐史に出会いは訪れない。心が動くことはあっても、好きという感情には至らない。理性ではあきらめているのに、気がつくと彼女のことを想っている。眼の前にいる女を、彼女と較べてしまう。

わかっている。これは愛情ではない。思い出すのはいい記憶ばかりではないのだ。要するに執着だ。

わかっているのに、思いきるのは簡単じゃない。少なくとも、祐史はそういう人間だった。

だから、あっさり「好きなひとができた」などと言って、恋人を乗りかえるような人間には、怒りすら覚える。

神崎登吾、ただの軽薄な野郎だ、あいつは。

四

「そろそろ店じまいにしましょうか」

貴子店長が、ようやく思い出したように言った。終業時間はもう十五分も過ぎている。

「天野くんは？」

「さっき、事務所へ入っていきましたよね」

「そう。なにをしているのかしら、あの子」

本当だよ。

苦々しく思いながら、祐史は、店頭に並んだ棚を店の中に戻しはじめる。朝、出したものを、夜に仕舞う。今日も一日終了だ。

腹が減ったな。夜めしは何だろう。肌寒いが、ビールでも飲みたい気分だな。どこかへ寄り道して帰るか。まっすぐ帰宅しても、母ちゃんの顔を見ながらめしを食うだけ。味気ないよな。

台車に載せた棚をがらがらと運び入れながら、祐史はぼんやり考えていた。

「異常だったから、逃げたのよ」

貴子店長が、またもや繰り返す。

「登吾のこととなると、あの子は異常だった。登吾をここの屋上に住まわせてあげようとしたとき、あの子が邪魔をしたことは話したわよね」

あったな。祐史は思い出した。そのことがあったから、貴子店長の神崎登吾に対するひそかな情熱、というよりどす黒い欲望が、祐史にもはっきりわかったのだ。

＊

ビルの屋上の一部に、八畳ほどの部屋がある。トタン屋根の簡素な造りで、夏場は溶けそうに暑く、冬場は凍えるほど寒い、居心地は最悪な部屋だが、ミニキッチンや簡易シャワーもついていた。ずっと以前、このビルをある会社に貸していた際、管理人が常在していた部屋なのだという。貴子店長は、そこに住まないかと神崎登吾に持ちかけたのである。

「警備員代わりよ。家賃は要らないわ。あんただって助かるでしょう？」

貴子店長は、ひどく積極的だった。

「登吾が住むなら、少しは手を入れてあげるわ。トイレは二階のものを使ってもらうことになるけど、エアコンくらいはつけてあげるしさ」

祐史は最初、首を傾げていた。なぜ貴子店長はそんなことを言い出したのか。そういう話なら、まず親族である自分にこそするべきではあるまいか。祐史だって、親もとから独立したい気持ちはあるのだ。

神崎登吾は、どう考えたかわからない。が、口ではこう言った。

「いいですね。考えてみます」

しかし、その話が実現することはなかった。おかしな展開になったのである。

「屋上の一件、困ったことになったわ」

のち、訊ねもしないのに、祐史は貴子店長に聞かされたのだ。

「萠ちゃんが、変ないやがらせをするのよ」

「仁村さんが？」

「うちに電話をかけて来たの。あたしが出たならまだしも、旦那が出ちゃってさ。ひどく下品なことを言われたみたい」

「下品なこと？」

祐史はきょとんとするしかなかった。仁村萠といやがらせ電話。仁村萠と下品な発言。どちらも自分の中で結びつかない。そんな行為をするような娘《こ》とは思えない。

「下衆《げす》の勘繰《かんぐ》りよ」貴子店長はいまいましげに吐いた。「登吾を屋上に囲い込んで、あたしが夜這《よば》いをかけようとしているなんて」

瞬間、祐史はようやく腑《ふ》に落ちたのだった。

なるほど、そういう目論見《もくろみ》だったのか。道理で自分にはお誘いがかからなかったわけだ。

「そんな下心があるはずないじゃないの。そんな風に思える？」

思える。

いや、そこまでは行かなくとも、大いに恩を売りつける気であったことは明白である。誘い文句からして、助かるでしょう？　してあげるわの連発だったのだ。その後、どんな見返りを求めるつもりだったか。どんな風に取り繕《つくろ》おうと、実態は夜這いと大差なかったのではないか。

「けれど」

祐史はふたたび首をひねった。納得できない点はひとつだけだ。

「仁村さんが、本当にそんなことを言うかなあ。電話の声って、確かに彼女だったんですか」

わずかの間、貴子店長は答えに詰まった。

「男の声だったって、旦那は言っていたわ」

やっぱりね。祐史は嘆息《たんそく》した。どちらが下衆の勘繰りなんだか。

「でも、そんなもの、どうとでも細工はできるでしょう。あの子以外に誰がいるの」

いるじゃないか。当事者である神崎登吾だ。貴子店長の目論見を察したからこそ、そんなやり方で逃げようとしているんじゃないのか。

しかし、もしそうなのだとしたら、神崎登吾のやり口も陰湿だな。

「萠ちゃんがやきもちを焼いたのよ。ここに住んだら、登吾を盗《と》られると思ったのね。そうに決まっている」

電話だけでは済まなかった。

数日ののち、祐史はまたしても貴子店長に呼び止められ、話を聞かされた。

「見て」

貴子店長はシャツの袖をまくってみせた。手首から肘にかけて包帯が巻かれている。

「ゆうべ、店じまいをして帰ろうとしたら、路地で変な男に突き倒されたの。すりむいただけで済んだけれど」

「酔っ払いですか」

「酔ってはいなかった。脅されたわ」

貴子店長は、眼をまるく見開いて、囁いた。

「登吾にちょっかいを出すな、って」

祐史はさすがに驚いた。

「本当ですか?」

「そこまではっきりは言わなかったけど、きっとそういうことよ」

よくよく訊き出してみると、背後から男に突き飛ばされ、ちょろちょろするなと凄まれた、というのが実際らしい。なあんだ、と祐史は思った。ただの考えすぎではないのか。

「萠ちゃんよ」

しかし、貴子店長はそんな風には思っていないらしい。確信ありげに言い放った。

「あの子の企《たくら》みに決まっている」

「ですかねえ」

「ほかにいない」

祐史はそうは思わなかった。いやがらせ電話はともかく、男に脅されたというのは、貴子店長の思い込みとしか考えられない。

しかし、身の危険を心から感じたらしき貴子店長は、屋上の件を取りやめにしたのだった。

＊

「嫉妬深すぎたのよ。逃げられるわけだわ。この店にだって、週に三回はお迎えに来たじゃない。まるで登吾を監視しているみたいだった」

週に三回は大げさだ。週に一回くらいかな。しかし、よく店の前で待っていたことは確かだ。

「息苦しかったのよ、登吾は」

だが、すぐ傍に恋人を狙っている野獣がいるんだから、そうせずにいられなかった仁村萠の気持ちはわからなくもない。

待ち伏せ。

そういえば、神崎登吾を待っていたのは、仁村萠だけではなかった。

＊

あれは、一年前の秋の終わり。仁村萠と神崎登吾がつき合いはじめて間もないころだった。

仕事を終えて、祐史がビルの裏手から路地に出ると、暗がりの中、ひとりの中年男が立っているのが眼に入った。気にも留めずに通り過ぎようとすると、背後で低い声がした。

「なにをしている」

咄嗟《とっさ》に振り向いた。神崎登吾だった。見たこともないほど表情が険しい。

「消えろよ」

「きみが、ぼくに用があると思ったんだ」

男はしどろもどろだった。

「ぼくに頼みたいことがあるかもしれないと思ったんだよ」

「もう、消えろよ」

神崎登吾の声は冷たかった。

「おれは、あんたに頼みごとなんかしたことはない。そうだろう？」

男はのろのろと頷いた。

「そうだ。そうだね。ただ、ぼくはきみの役に立ちたい」

「だったら、すぐに消えろ」

祐史は立ちすくんでいた。見てはならない現場を見たように思ったのだ。いつも温和に見える神崎が、あんな言葉を投げるなんて。

「宮原さん」

神崎登吾はふだんとまるで変わらない調子の声で言った。

「お疲れさま」

神崎登吾の後ろで、男は悄然《しょうぜん》と肩を落としていた。

あの男は、何だったのだろう。

考えてみれば、祐史は神崎登吾のなにを知っているわけでもなかった。知りたいほどの興味もなかった。仕事で円滑《えんかつ》につき合っていられればいいだけだ。職場での関係など、その程度でいい。

そう考えていたはずだった。しかし、そのときは好奇心がわいた。あの男は何者なんだ。なぜ、あんな口を利いたんだ。あの男と神崎登吾は、どんな関係なんだ。


次の日は、秋葉台《あきばだい》団地に出向いた。

秋葉台団地は、東京都下にある。店の軽トラックに乗って現地へ向かった。運転をしたのは神崎登吾だった。

「こんなところからも依頼がくるようになったんだな。店長のネット宣伝作戦も馬鹿にならないわけだ」

「うん」

その朝、神崎登吾はいつにも増して無口だった。ふだんなら無理に口は利かないのだが、その朝は違う。祐史は訊ねた。

「昨日は喧嘩していたみたいだったね。あのひとは親類?」

「昔の『友だち』だよ」

登吾の言い方には、異様な響きがあった。

「友だち?」

あの男、三十代の後半か四十代に見えた。「友だち」というにはずいぶん年齢差がある。

「少なくとも、向こうはそう思っている」

祐史の内心の疑問に答えるように、神崎登吾が続けた。

「自分たちは似た者同士だから、理解し合える。ずうっと昔から、これから先も『友だち』だ。そんなたわごとを言い続けている」

信号が赤になる。神崎登吾がトラックを停車する。

「似ているの?」

「似てなんかいないよ。あいつの思い込み。さっさと離れて欲しいもんだ」

ひとりごちる横顔を見ながら、祐史は思った。あのおっさん、あっちの趣味なのか。そんなやつにつきまとわれているとはね。

「宮原さん、恋人はいる?」

神崎登吾が訊いてきた。話題を逸《そ》らしたかったのかもしれない。

「いない」

「以前は、いたでしょう」

自分も神崎登吾に質問した以上、返事をしないわけにはいかない。

「いたね」

「どうして別れたの？」

信号が青になる。神崎登吾がアクセルを静かに踏んだ。

「学生のときにずっと半同棲状態だったんだ。彼女が就職して、地方の支社勤務になった。住まいもそちらに移してね。離れて生活するようになったら、お互いに気持ちが続かなかった」

祐史は説明をする。こうやって他人に話すと、まるきり実感が伴わないことに気がつく。遠い世界の、他人の出来事みたいだ。

「きっと、大きな波風は立っていなかったけど、お互い鼻についてもいたんだろうな」

結婚を考えていなかったことは確かだ。まだ若いし、こいつが最後じゃないと、思っていた。今だってそう考えている。

最後じゃない。今のところはこいつだけれど、でも、最後じゃない。

それはけっきょく、本気ではなかったということだったのかな。だから、傍にいるあいだはよかった。口喧嘩もしたし、気に入らない部分もあったけれど、仲直りをした。たいがいは自分が折れた気がするけど、そうでもなかった。こちらから呼びかけたら必ず返事をよこしたのだから、彼女も折れていたのだろう。

だが、距離が離れた途端に、彼女の連絡は少なくなった。祐史が連絡をしても、二回に一回、三回に一回と、だんだん返事が減っていった。

それでも別れたという実感はなかった。誕生日に送ったメッセージに返事が来なかったとき、祐史もようやく気づいたのだ。

俺たちは終わりなんだな、と。

「一緒に暮らしていたのか」

神崎登吾が呟いた。

「おれには、無理だな。ひとりでいたい」

「仁村さんは一緒に住みたがるだろうに」

神崎登吾は無言だった。

「俺は、次に彼女ができても、一緒に住んじゃうと思うな。ひとりだと、寂しいじゃないか。なんか、哀れだしさ」

「哀れ？」

「みんなから、可哀想なやつだと思われるだろう。それが厭《いや》なんだ」

「周囲の眼が気になるから、誰かを好きになって、一緒に暮らすの？」

祐史は返事に詰まる。神崎登吾がぼそっと言った。

「着いたよ」

窓の外には、クリーム色に塗られた住棟が、直列にずらりと建ちならんでいた。同じ五階建ての、同じ外観の建物。

「壮観だな」

祐史は思わず呟いた。

「全部で何棟あるんだろう」

トラックは、紅葉した桜並木の道路をゆっくりと走っていた。空は雲ひとつない快晴で、日差しは暖かいのに、眼の前の景色はなぜか寒々しい。

「こりゃ、わかりにくいな。三十三号棟って、どのへんだ？」

「そこだよ」

神崎登吾が、トラックを停めた。

昭和三十年代に建てられたという秋葉台団地に、エレベーターはない。それなのに、依頼者である草柳《くさやなぎ》家は、よりによって最上階、五階にある。

「こんにちは。宮原です」

呼鈴《よびりん》を鳴らしたときは、いささか呼吸が乱れていた。

「ご苦労さまです」

ドアを開けたのは、化粧っ気のない細身の三十女だった。

「草柳です。今日はどうぞよろしくお願いします」

依頼者である草柳可南子《かなこ》は、疲れた表情で言った。

「母がひとりでずっと暮らしていたんですが、荷物が多いんです」

「はい、承知しております」

家具は古びてはいるが、安物ばかり。値打ちものはないと、下検分をしていた貴子店長がすでに判断をしていた。そのあたりの鑑識眼は確かなものである。

「仏さまにご挨拶をさせてください」

「仏壇、ないんですよ」

「え？」

「母は、信心をしなかった人間です。むしろ、死んだ人間のことを考えるのが厭だったんじゃないでしょうか」

玄関は半畳もない土間。四畳ほどのダイニング・キッチン。奥には六畳二間。昔ながらの小さな２ＤＫの空間。

「散らかっていてすみません。少しは自分でも片づけようと思ったんですけど、どこから手をつけていいかわからないんです」

顔立ちは悪くないが、ひどく老けて見える。少しは化粧をすればいいのに、と祐史は思った。貴子店長の過剰なお色気を少し分けてやりたい。

「片づけると言っても難しいですよ。大事な思い出ですもんね」

「逆です。手を触れたくないんですよ」

一瞬、祐史は耳を疑った。

「わたしは不肖《ふしょう》の娘なんです。両親との関係はよくありませんでしたから」

祐史は、はあ、とだけ言った。それ以外に返事のしようがない。

「ここにいるだけで、いい気分はしないんですよ。いろいろなことを思い出して、窒息《ちっそく》しそうになる」

草柳可南子は、ひとり言のように続けた。

「こんな小さなところに親子四人が暮らしていたんですもんね」

四人？　すると、兄弟がいるのか。

「兄がいたんです。ぐれてしまって、今では連絡がつきません。父が死んだことも知らないままでしょう」

ＴＶの脇に、木のフレームの写真立てが置いてあった。笑顔の老婆が映っている。旅行へ行ったときのものだろう。背景は青々とした海、南国のようである。家族との仲はともかく、彼女自身は楽しく生きていたようだ。

「それも」

祐史の視線に気づいたのだろう。草柳可南子は、顔をそむけるようにしながら言った。

「棄ててください」

「いいんですか？」

「ええ。私には必要ないものです。アルバムも出てくると思いますが、それもみな廃棄でけっこうです」

「しかし、古い写真には、お客さんも写っているんじゃないですか？」

草柳可南子の返事は変わらなかった。

「棄ててください」

取りつく島もない。祐史は懸命に言葉を探した。

「ここの団地、大きいわりにひと気がないみたいですね」

「取り壊しが決まっているんで、半分以上無人になっているんです。以前からの住人は、新しい棟に移ったんでしょう」

草柳可南子が、掃出《はきだ》し窓の外を指差した。クリーム色の連なりの向こうに、真新しい高層マンション群が見える。

「よかったと思います。わたし、ここが大嫌いだった」

草柳可南子が、呟いた。

「取り壊されるのは、嬉しい。ほっとします」


「へんなひとだったな」

帰りの運転は、祐史だった。

「過去になにがあったかは知らないけどさ、家族なのに、あんまり冷たすぎないか」

言うと、神崎登吾は、吐き棄てた。

「家族のあいだにあるのが愛情とは限らないじゃないか」

祐史はいささか面食らって、その後は黙っていた。

昨日といい今日といい、神崎登吾の意外な面に触れてしまった気がする。


祐史とて、自分の親たちが全面的に好きだというわけではない。

母親はなにかとうるさいし、父親には気を遣う。しかし、親をわずらわしがる気持ちをそれほど強く持っているわけではない。大みそかから元旦にかけては、茶の間に集ってTVで除夜の鐘を聴く。その後はみんなで初詣に出かける。年に一度、秋は家族で温泉旅行に行く。面倒くさいし、楽しいわけでもないのだが、今年は行かないと突っぱねる気にもなれない。

だから、そのときは、思ったのだった。

神崎登吾は大人げない。中身が反抗期のままなのかな。

＊

「天野くん、事務所にいないわよ」

奥へ行っていた貴子店長が、ぷりぷり怒りながら戻って来た。

「終業時間が過ぎたから、いいと思って勝手に帰っちゃったんですかね」

「上がるなら、挨拶くらいすべきでしょう」

さっき店に帰って来たとき、口の中でおつかれーすと唸っていた。あれでいいと判断したんじゃないかな。あの天野くんだもの。たぶんこれまでもそうやって生きて来て、なにが悪いかは気づいていないだろう。

「常識を知らなすぎない？　何なの、あの子」

でも、面接したのは貴子店長でしょ？

「そもそも、あんたがちゃんと指導しないからよ」

貴子店長が、祐史に食ってかかった。

「店じまいも挨拶も必要だって、きっちり伝えておかなきゃ駄目じゃない」

え、俺？

祐史は面食らった。悪いのは俺かよ。

「しっかり教育してよ。そのためにお給料を払ってあげているのよ」

出た。祐史はうんざりした。俺はあなたの温情でお金を頂戴しているんですか。毎日の労働はすべて無価値だとでも？

神崎登吾みたいに、俺も逃げ出したいよ。

今にも吐き出しそうになるその言葉を、祐史はぐっと呑み込んだ。


天野のロッカーが半分開いている。閉めてやろうとして、中に何も入っていないことに気づいた。

挨拶もなしに消えたことといい、天野は明日、来ないかもしれないな。

まったく大迷惑だ。


そして、思った。

口裂け女の貴子店長も、誰にでも口軽に話を合わせるふりをして、本気で他人の存在を尊重したことなどない、あのお調子者の天野も、好きなひとを次から次へと作る神崎登吾も、本質的に同じなのかもしれない。

あいつらは、自分しか見えない。見ようとしない。本当は、この世の誰のことも大事には思えない人間。

いや、妖怪なんだ。妖怪に憑《と》りつかれた仁村萠こそ被害者なのかもしれないよな。

第二話　のっぺらぼう

一

扉が開くなり、電車から飛びだした。

芦川《あしかわ》さつきは、わき目もふらずに改札を抜けると、駅前商店街の通りを直進し、スーパーマーケットへ駆け込んだ。職場でひどく厭《いや》な日に遭った、こんな日は無闇《むやみ》にお腹がすくのだ。そして料理が作りたくなる。台所に立って、無念無想で野菜を刻んで肉をぶった切りたい。

にんじんとじゃがいも、たまねぎをかごに入れる。小麦粉は家に残っている。シチューを作ろう。鶏のもも肉。かたまりをかごにぶち込む。冷凍してあるパンを焼いて、バターとジャムをたっぷりつけて食べよう。安い国産ワインの大びんをかごに突き刺す。ダイエットは、明日からまた頑張ればいい。

レジの前に並んだとき、ようやく自省のゆとりが生まれた。いくら何でも、アイスクリームのファミリーパックはよけいだったかな。ひとり暮らしなのに。まあ、すぐに腐るものではないから、いいかな。いいとしよう。よし、いいとした。

「二千六百九十二円になります」

レジのお姉さんが、物憂《ものう》げに告げる。ほら、やはり、買いすぎた。一日ぶんの食費じゃないよ、これ。予算をはるかにオーバーだ。

「どうもありがとうございました」

その場を去ろうとして、足を止めた。そうだ、今日はエコバックを持って来なかった。

「すみませんが、袋をください」

レジのお姉さんはぷっと頰を膨《ふく》らませ、無言で袋をかごに投げ込んで来た。

うわあ、態度悪い。

さつきは、ちょっと驚く。このスーパーマーケット、ふだんは感じのいい店員さんぞろいなんだがな。どうしたんだ、このひとは。まじまじと顔を見直す。顔なじみではない、若くもない女だ。アルバイトの新人というわけではなさそう。ふだんは事務所にいる、そこそこ偉い社員なのかな、と推測する。アルバイトが急に休んで人手が足りなくなり、無理矢理レジ業務を強《し》いられた。もしかしたら、夕方五時か六時に上がれるはずなのに、残業をさせられているのかもしれない。それで不機嫌。ありがちだ。

さつきは、その場で文句をつけられる性格ではなかった。ましてや今日は、自分自身が客にからまれて不愉快な思いをしたばかりだったのである。ぐっとこらえてサッカー台へ移動する。

まったく、今日は厄日《やくび》だ。

かごから袋を取り上げて、拡げかけて気づいた。お姉さんが入れた袋は、いちばん小さいSサイズだ。

さつきの胆《はら》がふつふつとたぎって来た。

サイズを指定し忘れた。自分が悪いのだ。しかし、この買い物の量を見れば、Sサイズということはないだろうに。わからんのか。たぶんわからんだろうが、わかれ。

が、ふたたびレジに戻って交渉する気力はすでにない。配置に注意しながら野菜やびんを袋におさめつつ、さつきは深い溜息をついた。

今日って日は、本当に厄日だ。

はち切れそうなレジ袋を両手に抱え持って、マンションの前に帰りついたとき、背後から声をかけられた。

「芦川さつきさんですか」

「はい？」

振り向くと、グレーのダッフルコートにくるまった、小柄な若い女が立っていた。眼がくりくりと大きい。しかし、見たことはない顔だ。

「何でしょうか」

「わたし、仁村萠《にむらもえ》です」

「はあ」

さつきは困惑した。名乗られても、心当たりはない。

「神崎登吾《かんざきとうご》くんの恋人です」

驚いた。

「神崎くんの？」

仁村萠と名乗った女は、無言で頷《うなず》いた。

「わたし、彼とは関係ないですよ。ずいぶん前に別れたんです」

「知っています」

「それなら、どんなご用ですか」

「話がしたいんです。お時間はありますか」

ない。

正確にいえば、時間はある。今夜は誰と会う約束もない。食事をして、寝るだけ。だが、かけがえのない自分の時間だ。見ず知らずの女と話などしたくない。ましてや、神崎登吾の現在の恋人など、まっぴらごめんだ。

＊

午前中、さつきが働いているベーカリーショップに、面倒くさいお客が来た。

「おまえのところの商品を食べたら入れ歯が壊れた。弁償しろ」

入れ歯のないじいさんが、ふがふがとわめき散らした。

「申しわけありませんでした」

さつきは頭を下げる。じいさんは怒鳴る。ふたたび頭を下げる。下げ続けるしかなかった。じいさんは鎮《しず》まるどころか、ますますたけり狂った。

「おまえじゃわからん。店長を出せ」

さつきは接客業が好きだった。友だちは多くないし、初対面のひとは苦手。けれど、「お客さん」と会話をするのは楽しかった。おはようございます。今朝は寒いですね。このパン、わたしも大好物なんですよ。なにげない言葉を交わし、共感の笑顔を向けあう。宝物のような瞬間。しかし、ときには怒りと悪意に満ちた「お客さん」の相手をしなければならないのも厳然たる事実だ。自分の善意も好意もすべて裏返されて、骨までむき出しにされる気がする。ひりひりと、心が赤剝《あかむ》けになる。そういうときばかりは、接客はつらい。

「ああいうひとたちは、他人の落度を見つけると逆上する種族なんだよ。そう考えるしかない」

店長に慰められた。

「落度、ですか？」

パンをかじったくらいで壊れる入れ歯をはめたじいさんに対して、さつきはいったいなにをしたというのか。

「誰かを責めたくて仕方がないんだ。自分は正しい。自分以外の人間はみな間違っている。それを証明したくて、言いがかりの種を探している。そして因縁をつけ、謝罪を要求する。謝れ、謝れと主張することでしか自らの存在理由を見出せない、いわば悲劇的な種族なんだ。出会っちゃったら、事故だよ。運が悪かったとあきらめる。それしかないよ」

そうだ、運が悪かったのだ。さつきに落度はない。それなのに、全身に怒声と憎しみを浴びた。疲労感が澱《おり》のように残っている。

早く部屋の中に入って、シチューを作って、ワインを飲んでパンを食べて、ゆっくりしたい。風呂に浸かりながら、音楽を聴きたい。風呂から上がったら、熱い紅茶を淹《い》れて、録画しておいた映画でも観よう。

大切な自分の時間なのだ。知らない人間に潰されたくはない。

思えば、別れるとき、神崎登吾はこう言ったのだ。

好きなひとができた、と。

＊

好きなひと。

それは、眼の前にいるこの女のことじゃないのか。さつきの胆にわき出した不快感がさらに増す。

今さらなにを話すことがあるんだろう。適当な嘘で断ってしまえ。

「ごめんなさい、今日は予定があるので、無理です」

「予定？」

仁村萠の眼が、きらりと光った。

「誰かと会うんですか」

会わないよ。方便ってもんだよ。言葉の裏くらい読めよ。大人なんだろう。第一、誰と会おうが、よけいなお世話じゃないか。

「登吾くんと会うんですか」

「は？」

　さつきは面食らった。この女はなにを言っているんだ。神崎登吾を奪ったのは、おまえの方じゃないか。それも、一年も前に。

「違いますよ」

　この女は、あの男を、登吾くんと呼んでいたのか。名前を呼ばれるのは好きじゃない。以前、神崎登吾はそう言っていた。だからさつきは彼を名前で呼んだことがない。別れるその日まで、神崎くん、とよそよそしい呼び方をしていたのだ。

　この女には、名前を呼ばせたのか。面白くないな。

「友だちが来るんです。失礼します」

　さつきの言い方が、いくぶん乱暴になる。

「友だちって誰ですか」

　仁村萠は食い下がった。

「本当は登吾くんでしょう。彼と会うんでしょう」

　その瞬間、腑《ふ》に落ちた。

　この女にも、自分と同じことが起こったのだ。

「違うと言ったでしょう。どいてください」

　仁村萠を押しのけて、マンションのエントランスに走り込んだ。

　何なんだよ、本当に。今日のわたしは、呪われているのか。

さつきが住んでいるのは、一フロアに1DKが二室、四階建てのこじんまりとしたマンションだ。

二階の自室までは、仁村萠という女はついて来なかった。しかし、あきらめたわけではないらしい。さつきは鍵を開け、室内に入って、明かりをつけぬまま、キッチンの窓からそっと外の様子を窺《うかが》う。仁村萠は、向かいのコンビニエンス・ストアの前に立って、こちらを見上げている。

仁村萠の視線は、この窓をまっすぐ突き刺している。すこぶる気味が悪い。

さつきは寝室に入り、いちばんの友人である小菅理沙《こすげりさ》にメッセージを送った。指先が震えて、文字がうまく入力できない。ああ、まったく、どうしてこんな目に遭わなくてはならないのだろうか。

さいわい、理沙からはすぐさま電話がかかって来た。

「なになに、神崎登吾の恋人が押しかけて来たって?」

理沙め、ぜんぜん心配そうじゃない、愉しんでいやがるな。しかし、理沙のそんな反応のお蔭で、ようやくさつきは落ち着きを取り戻した。

「あんた、最近は神崎登吾と連絡を取り合っていないんでしょう?」

「いないよ。いないんだけど、どうも誤解をしているみたい」

「そいつ、家の前をうろついているの？」

さつきはふたたびキッチンに戻り、窓から外を眺める。

いない。

ほっとしかけて、眼を見張る。

いや、いた。グレーのコートが、コンビニエンス・ストアの中でかすかに動いたのが見える。

「前の店の雑誌コーナーに張りついて、ガラス越しにこの部屋を見張っているよ」

「怖いねえ。警察に通報したら？」

「そこまではできないよ。まだ実害はないし、たぶん相手にしてくれない」

「あたし、そっちへ行った方がいい？」

理沙の声に、さすがに真剣みがこもった。

「もしもってこともあるからさ」

「もしも？」

「ついこのあいだ、ストーカー女がはさみを振りかざして誰彼構わず襲いまくる映画を観たんだよね」

さつきの頰が引きつった。洒落《しゃれ》にならない。

「……来てくれたら、嬉しい」

「よし、今から行くわ。今夜は泊めてね。明日、そこから会社へ行く」

「もちろん。ごはんはちゃんと作るよ」

「あの男、別れてまでも祟《たた》るね」

さつきは、はははは、と乾いた笑い声をあげた。まったくだ。

「昔から、さつきは妙な当たり籤《くじ》を引くよね」

「これって当たりなの？」

今度は、理沙が笑い出した。

「はずれの大当たりとしか言いようがないじゃないの」

まったくだ。

二

四年前、さつきは小さな米菓製造会社に勤めていた。全国的に有名というわけではないが、それなりに伝統も人気もある高級せんべい屋だった。本社は米どころである秋田県にあるのだが、東京にも営業所、つまり店舗があった。さつきの母親が営業部長と高校の同級生だったので、その縁故で採用された。といっても、創業者が社長の父親、営業部長が社長の長男、次長がその奥さん、経理部長が次男という、絵にかいたような同族経営の会社だった。

貸ビルの一階にある東京営業所は月曜日定休、火曜から日曜日までの週六日、九時から六時までの勤務だった。全従業員は三人きりだった。営業所長であり、社長のいとこでもある園田幸子《そのださちこ》。パートの堀康子《ほりやすこ》。そして新人社員のさつきである。

朝、店内を掃除して、商品を補充して、店のシャッターを開ける。十時までには本社から商品入りの段ボールが届く。

毎朝、段ボール箱を台車に高く積み上げて、十、二十と運んで来る。その配送業者が、神崎登吾だった。もっとも、神崎登吾が毎回来るとは限らない。吉岡《よしおか》という中年の配達員と、代わりばんこに来る。

「今朝は神崎くんね。運がよかったわ」

配達のあとで、園田所長と堀さんは、いつも愉しげに言い交わしていた。

「ちっ、今朝は吉岡さんだったか」

確かに、神崎登吾の方が時間に正確で、感じもいい。吉岡だと、十時までという指定を守らないときがあるし、動作全般が乱暴だ。心なしか、届いた商品に破損も多い。だから、二人は神崎登吾を贔屓《ひいき》にしているのかと思ったら、違った。

「神崎くん、可愛いじゃないの」

園田所長は眼を潤《うる》ませ、堀さんはにやにやと言った。

「どうせつき合えるわけじゃなし、見た目がすべてよ」

おはようございます。こちらへサインをお願いします。ご苦労さまでした。

顔を合わせれば、それだけを言って別れる毎日。好き、という思いがいつごろ芽生え、育ったのか。さつきには自分でもよくわからない。ただ、正月休み明けの寒い朝、吉岡のむっつり顔が店の裏口に見えた瞬間、すさまじい落胆を感じた。ひさびさに会いたかったのは、こいつじゃない。そして気づいた。わたしは、神崎くんが好きなのだ。それも、園田所長や堀さんみたいに、よその庭先の薔薇《ばら》を愛《め》でるような、のどかな感情ではない。つき合えるものならつき合いたいという、荒々しい野望だ。

さつきのじっとりとした片思いの日々がはじまった。中学生のころから、さつきはまるで進歩していなかった。好き、を行動に移すまでが、長い。中学一年のとき好きになった酒田《さかた》くんには告白できないまま卒業式を迎えたし、好きになったロックバンドはライヴに行かないうちに解散した。

「好きなひとができたんだ」

高校からの友人である理沙に打ち明けてから、膠着《こうちゃく》状態が長かった。

「好きなひととどうなった？」

「変わらず」

「変われよ」

ついには、理沙に叱られた。わかっている。もう社会人なのだ。このままではいけない。しかし、相手が悪い。出入りの業者では、ふられたとき逃げ道がないではないか。

うじうじ、うじうじと日々が過ぎるうち、会社の内情がおかしくなって来た。経理部長とその妻、つまり社長の次男夫婦が、新興宗教に深入りして、人間関係をごたつかせたうえ、会社の金を多額にその宗教に注ぎ込んでいたことが発覚したのだ。もっとも、さつきには、なにがどうなったのかよくわからなかった。だが、結果として、販売部門は縮小され、東京支店は閉鎖されることになった。

「要するに、あたしは失職したってことよ」

堀さんがいまいましげに吐いた。

「さつきちゃんはいいわよ。園田さんと一緒に、本社に戻ればいいんでしょう」

よくなかった。本社は秋田県である。通勤は不可能だ。といって、転居までして勤め続けたい会社ではない。

生活への不安、将来への不安は、まだわいてこなかった。ひとつだけはっきりしていたのは、神崎登吾と会えなくなるということだ。

「毎朝会わなきゃならない義務がなくなるなら、かえってよかったじゃないの。恥もかき棄《す》てだよ。言っちまえ、言っちまえ」

理沙に力づけられて、勇気をふりしぼった。

ある朝、ご苦労さまでしたの代わりに、こう言ったのだ。

「お時間があるときに、お茶を飲みませんか」

自分でも情けなくなるほど野暮な誘い文句だった。が、神崎登吾は、拍子抜けするほどあっさり頷いてみせたのだった。

「いいですよ。いつにします?」


喫茶店での会話は、弾《はず》まなかった。

「ご出身は」

「東京です。あなたは」

「わたしは千葉です。田舎の方なので、大学入学のときからひとり暮らしをしています」

正確にいえば、大学時代は二歳上の姉と一緒に住んでいて、実際にひとり暮らしになったのは就職のあとだった。家事はほとんどさつきに押しつけ、言いたいやりたい放題。姉との暮らしはひじょうに疲れた。が、そこまでくわしく説明はしなかった。

「新しい職が見つかるまでは大変ですね」

神崎登吾は、自分も現在の仕事を辞めるつもりなのだ、と言った。

「引越し屋で働きます。変わりばえはしない仕事だけどね。ひとつの会社にいるのは、二年が限界なんだ」

「どうしてですか？」

「煮詰まるんだよ、いろいろと」

「でも」

さつきは言葉に困る。そんな風に、気まぐれに職を転々としていたら、いずれは困るのではないか。

「家庭を持ったら、そういうわけにはいかないでしょう？」

しまった。さつきは思う。少し立ち入りすぎたかな。

「家族は持てないよ、おれには」

「どうしてですか」

沈黙。

さつきは唇を噛む。ああ、またやっちゃった。

その日は、告白どころではなかった。会話を続けるだけで精いっぱいだったのだ。

「今日はごめんなさい」

別れぎわ、さつきは思わず神崎登吾に詫びていた。

「こちらからお誘いしたのに、わたし、本当に口下手で」

「おれも同じですよ」

神崎登吾は、さつきの顔をまじまじと見返した。

「芦川さんとおれは、似ているのかもしれない」

笑った。

さつきの胸の深いところが、ずしん、と地響きを立てて、揺れた。

わたしたちは似ている？　もしそうなら、とてもとても嬉しい。ああ、わたしはこのひとが好きだ。本当に好きだ。


幾度か、会った。食事をともにし、映画に行った。弾まない会話は相変わらずだったが、お互いに遠慮が取れてきたころ、さつきは言った。

あなたが好きです。恋人としてつき合ってください。

神崎登吾の反応は、はじめてお茶に誘ったときと同じだった。いいよ、と軽く頷いて、こう続けた。

「不器用同士で、仲良くやって行こうよ」

わたしたちは似ている。この世でたったふたりの人間。運命の出会いなんだ。

さつきは天にも昇る心地だったが、理沙に報告すると、即座に言われた。

「あやしいな。やめときなよ、そんな男」

「そう思う？」

一瞬にして、天から地上へ引き下ろされた気分になる。

「定職にも就かないで、ふらふらしているようなやつでしょう。あんたの苦労が眼に浮かぶ。ヒモを抱えて生きる気なの？」

「仕事をしていないわけじゃないんだよ。まっとうに働いているし、金遣いが荒いようにも見えない」

「おごってくれるの？」

「割り勘」

理沙は、へっと鼻先で笑った。

「だって、つき合っていたわけじゃないんだから」さつきは言いわけをした。「でも、このあいだは失業中だから大変だろうって、食事代を払ってくれたよ」

理沙の笑いがかなしげなものに変わった。

「そういう野郎には、いずれその数百倍はしぼり上げられるもんだよ」

さつきの父親は市役所勤め。母親はもと教員だった。姉も、部屋こそ片づけないし洗濯もしないが、現在は郵便局勤務。まじめな一家である。二年周期で職を替える、などという神崎登吾の生き方は、さつきの価値観にはないものだった。少なくとも、この男を結婚相手として両親に紹介はしにくい。

しかし、反面、新鮮であったことも間違いない。

「お勤めは決まったの？」

母親から電話があったときも、落ち着いて答えることができた。

「ひとまず、パン屋さんでアルバイトをすることに決めた」

「アルバイト？」

予想どおり、母親は渋い声になった。

「アルバイトなんかしたって、先の保証がないじゃないの」

正論。しかし、さつきはそのベーカリーショップが気に入っていた。オフィスビルの谷間にある小さな店で、パンの種類も多くはないが、店内にはつねにお客さんの姿が絶えなくて、活気がある。経営者でありパン職人の店長と、接客担当の奥さんも若くてやる気にあふれ、好感が持てる。

さつきには漠然《ばくぜん》とした夢があった。いずれは自分も店を持って、商売がしたい。むろん、両親には一笑に付されるであろう希望だったし、叶うかどうかはわからないが、働いてみたい。

言うと、神崎登吾は大きく頷いてくれた。

一寸先《いっすん》のことはわからないんだから、現在の気持ちを優先したっていいと思うよ。どこで生きていたって、つらいことは起こるんだし、好きな仕事を選んだ方が耐えもできる。

ほら、彼はわたしの気持ちを理解してくれる。味方になってくれる。わたしたちは似た者同士だ。

「お金がないなら送るから、腰を据えて次の仕事を探しなさい」

母親は命令口調だった。が、さつきは退かなかった。

「そのお店で働いてみたいの」

いつも逆らえなかった母親にも、きっぱりと言えた。恋の力が後押しをしたのかもしれない。

神崎登吾と「恋人」になってから、理沙と三人で食事をした。

「あんたには悪いけど、あたしはどうもあの男が気に食わないな」

会ったあとでも、理沙はやはりそう言った。

「自分には友だちが少ないって言っていたでしょう。あれ、よくないよ。友だちが少ない男は信用できない」

「でも、わたしだって多いとはいえないよ」

さつきが言うと、理沙は首を大きく横に振った。

「女の場合はいい。逆に、友だちが多い女の方が信用できない」

「どうして」

「あたしの周囲で、友だちが多い女にはろくなやつがいない。たいがい二枚舌で、裏の顔が陰湿だ」

理沙の意見には、実体験以外の根拠はない。

「あの男には、どうもほかの女の気配がする」

理沙が断定する。さつきはさすがに動揺した。

「彼、つき合っているひとはいないって言っていたよ」

「言葉だけじゃ信じられないね。とにかく、あんたはいつか、あいつに泣かされる。そんな気がするんだ。あんたの自由だし、つき合うなとは言わないよ。でも、あたしの本音はそれ。悪いけどね」

いちばんの友だちの見解は、かくも悲惨なものだった。

理沙の予想は、ある意味では外れていた。

神崎登吾は、さつきを泣かせはしなかった。一緒に過ごしているあいだは、ほかの女の影もなかった。好きなひとができた、と言い残して立ち去る、あの日までは。

神崎登吾の言葉も、あとになってから身に沁みた。

一寸先のことはわからない。そして、あのとき、好きな仕事を選んでいたからこそ、さつきは暗黒の時期を乗りこえられたのだ、ともいえる。

三

玄関の呼鈴が鳴った。

さつきはインターフォンの画面を見る。理沙がいたずらっぽく微笑みながら立っているのを確認してから、ドアを開ける。

「いい匂い。シチュー？」

開口いちばん、理沙は言った。

「食べる？」

「夜ごはん、食べたんだけどね」

「要らない？」

「もらう」

「うらやましい」

さつきは溜息をついた。理沙はどか食いしてもふとらない体質なのだ。

「待ち伏せ女に見せびらかしながら、食べよう」

襟《えり》もとにファーのついたクリーム色のコートを、理沙は無造作にソファに投げ出した。

「見たよ、待ち伏せ女」

理沙はキッチンの窓から外を眺めた。

「ほら、いるいる」指をさした。「こっちを見上げている」

「刺激するの、やめてよ。怖いじゃない」

「怖いね。異様な眼だ。あんたじゃなくても、誰かが通報してくれそう」

「わたしはなにもしていないのに。厭だなあ」

「神崎登吾に棄てられて、わけがわからなくなっているんでしょう。ざまを見ろとは思わないの？」

「思わない」

「あんたはひとがいいね」

「よくないよ。可哀想とも思っていないもの」

「当たり前だよ」

理沙は鼻を鳴らした。

「あたしなら、腹を抱えて笑っちゃうね。他人を泣かせた人間は、同じ目に遭う。因果応報《いんがおうほう》だよ」

「でも、あの子が悪いわけじゃないよ」

かばう気はないが、言ってしまう。

「あの子は彼を好きになっただけでしょう。わたしじゃなくてあの子を選んだのは、彼だもの」

「そうね。神崎登吾が諸悪の根源だ。あの男にも、罰《ばち》が当たっているといいね。見下げ果てた下衆《げす》野郎め」

理沙がいまいましげに言った。

「次から次へと女を泣かせて、本人は何の痛みも感じない。許せない」

「そんなに悪いひとじゃなかったけどね」

「馬鹿だな、なにを言っているの」理沙は舌打ちをした。「どこからどう見たって悪いひとじゃないの」

「そうかなあ」

「断言できる。あいつは悪いやつよ。いずれ女にはさみで刺されるね。犯人はあの待ち伏せ女かもしれないよ」

「やめてよ」

さつきは身震いをした。まったくもって洒落にならない。

「あんた、あいつのこと、まだ好きなの？」

理沙が怒ったように訊く。さつきはかぶりを振った。

「好きじゃないよ。もう二度と会いたいとは思わない」

懲《こ》りたんだ、と思う。

好きなひとができた。あの言葉を聞かされたときの、足もとから地面が崩れていくような感覚。自分のすべてが否定された瞬間。

あんな思いは、二度としたくない。

「もともと、あのひと、わたしなんかとつき合う柄じゃなかった。複雑すぎて、わたしにはついて行けなかった。もっと大人な、できた女の方がよかったんだよ」

さつきは、ぐじぐじと数え上げた。

「頭がよくて、美人で、包容力があってさ」

「自虐的《じぎゃくてき》だなあ。よくないよ。しっかりしろよ」

理沙がさつきの肩をどん、と突いた。

「待ち伏せ女だって、大していい女じゃないよ。自虐は棄てて、もっと自信を持ちなさい」

ちっとも慰めになっていない。自分は「大していい女じゃない」女に心を移されてしまったのだ。

「自虐じゃない。自覚だよ。わたしは自信まんまんにはなれない人間なの」

「でもさ、自信まんまんでいる方が、他人に好かれやすいもんだよ。不細工でも、とんまでも、自信まんまんで異性に言い寄る」

さつきはうめいた。

「痛々しい」

「傍で見ていて頭にも来るしね」理沙は頷いた。「けど、それ相応の相手には、確実にもてている。少しくらい勘違いが入った方が、人間はしあわせになれるんだけどねえ」

「勘違い系のひとって、本当に自分の幻想を信じているのかな」

「信じているわよ。由紀《ゆき》がいい例だ」

さつきは納得した。高群《たかむれ》由紀。理沙とさつきの高校の同級生である。

「あいつは自分が世界でいちばん可愛いと信じていたじゃない。クラスの男子は、みんな自分に気がある。街を歩けばみんなが振り返る。そんな寝ぼけた妄想ばかり口走って、めちゃくちゃ鬱陶《うっとう》しかったじゃない」

「由紀ちゃんって、確かにかなり思い込みが激しい子だったね」

電車の中で、あの男がずっとアタシを見ている。さっき某《なんとか》くんがこんなことを言ってきたけど、あれってアタシが好きって意味なのかな。しょっちゅう言われて、さつきは困らされたものだった。自意識過剰でしょ、と正直に答えた理沙のように、さっさと嫌われる道を選べばよかったのだ。が、さつきにその度胸はない。

「自分の魅力を本気で信じていたとしたら、あんなに他人の承認を必要とするかなあ」

「おのれの偉大さを確認したかったんでしょう。他人を必要としていたわけじゃないよ。その証拠に、由紀とは会話がまったく成立しなかったでしょう。どんな話題も気づけば高群由紀の独演に変えてしまう力技。あれ、山の頂上で叫んでいるだけなんだよ。高群由紀山の頂《いただき》から、ヤッホーと叫んでこだまを聴く。あいつには他人は必要ない」

さつきは身震いした。

「怖ろしい」

「まあ、あんな風に、孤高の山頂を極める必要はないけどさ」

理沙は身を乗り出して、言った。

「自虐みたいな自覚を持つくらいなら、自意識過剰の方がましだよ」

「まし？」

さつきは渋面《じゅうめん》を作った。そうは思えない。

「そうだよ」理沙は言いきった。「その方が恋はできる」

「自意識過剰といえば、こういう不気味な経験は二度めだな」

さつきが陰鬱《いんうつ》に呟《つぶや》くと、理沙がすかさず応じた。

「あたしも、ちょうど例の件を思い出していた」

打てば響く。さつきは、理沙には何でも話してきているのだ。実に心強い。

＊

神崎登吾とつき合いはじめてから、さつきはひとりの男につきまとわれるようになったのである。

最初、気づいたのは、パン屋の客として、だった。ランチタイムが過ぎたころに来ては、サンドイッチやカレーパンを買っていく。三十代後半か、四十代はじめ。スーツ姿だったが、ネクタイはしていない。背の高い、細身の男だ。

その男を、帰りがけ、駅のプラットホームで見かけた。スーパーマーケットで買い物をしているときにも、同じ男を見た。

気のせいだ。

たぶん、気のせいだ。

視線を感じて、顔を上げる。すると、その男がいる。一瞬、視線が交錯《こうさく》した、気がする。

自分を見ていた？

そんなことが、何度も何度もあった。自分がストーカーに狙われているとは考えなかった。さつきはまず、自分を疑った。何といっても、身近に高群由紀という強烈な前例がある。考えすぎか、疲れているのか、自意識過剰か。

さつきは、恋人であった神崎登吾にそれを話してみた。

「考えすぎかな」

眉をひそめて聞いていた神崎登吾は、ひと言だけ言った。

「解決するよ」

その日、神崎登吾は、いつもよりさつきにやさしかった。

＊

理沙は、シチューを食べ終えた。

「ごちそうさま。最高にうまかった」

「よかった」

さつきは皿を台所に下げる。

「それで『解決』はしたんだよね」

「うん。彼に話してから、その男を見ることはなくなった」

「それって、けっきょく、そいつが神崎登吾の知り合いだったっていうことなんだよね」

「たぶん」

「あいつの周囲には、気色の悪いやつらが集まるね」

へへ、と、さつきは力なく笑うしかなかった。

＊

神崎登吾に去られて、間もない冬の朝だった。

さつきは、店で忙しくお客の応対をしていた。いらっしゃいませ。三百九十円になります。ありがとうございました。笑顔を作り、明るい声を張り上げてはいたが、お客の顔は見ているようで見ていなかった。もっとも落ち込んでいた時期だったのだ。それも、自分自身だけの問題ではなかった。秋ごろから店主夫妻もごたごたと揉《も》めていたのである。奥さんの欠勤が増え、たまに店に出て来ても以前のようなやわらかい雰囲気はない。夫婦のあいだにはほとんど会話もなく、さつきも居心地が悪かった。

一寸先のことはわからない。本当だ。この夏までは、店長と奥さんは理想のおしどり夫婦だったし、わたしだって神崎くんと手を繋いで歩いていたのに。

「帰り、食事でもしない？」

店主から誘いを受けることが多かった。

「家に帰るの、気が重いんだよ」

このときも、奥さんは三日も出勤して来ていない状態だった。店主はもの憂《う》げに沈み込んでいるし、仕事場までが修羅《しゅら》場《ば》。接客時、眼の前のことだけに集中していられる、その時間だけが救いだった。

「忘れますよ」

おつりを渡したとき、不意に言われたのだ。

「は？」

さつきは、客の顔をまじまじと見直していた。

「すぐに忘れますよ。彼とあなたとは、何の接点もない。少しも似ていない。はじめから縁がなかったんです。忘れましょう」

眼の前にあったのが、例の男の顔だと、ようやく思い当たった。

「どうか忘れてください。お元気で」

男が背を向けて、店を出ていく。

さつきの肌に粟《あわ》が立った。

＊

「気色悪いよねえ」

理沙が呟く。

「そのおっさん、どうしてあんたにそんなことを言ったのかね」

「わからない」

皿を洗って、水切りかごに移しながら、さつきは答えた。

あの男が言ったように、すぐになど忘れられはしなかった。神崎登吾に去られた痛みはまだまだ深かった。だが、一年後の現在、ようやく思えるようになっている。

わたし、神崎くんとあのとき別れてよかった。正解だった。

「ねえ、あの子、まだいるの？」

さつきは窓の下を見た。

「いるね」

「呼んで来ようか」

「へ？」

さつきは、耳を疑った。

「話がしたいって言っていたんでしょう。してやればいいじゃない」

「だって、怖いよ」

「あたしがいるから大丈夫だよ。刺されやしない。はさみは取り上げる」

凶器ははさみで確定なのか。

「やめてよ」

さつきは真顔で言った。

「話すことなんてない。なにを言えばいいの」

「話はあっちがするよ。あたしも助ける」理沙は力強く請け合った。「あたしが呼んで来るよ」

「待って、心の準備が」

「もしなにかあっても、骨は拾うわ」

「骨?」
理沙はいそいそ部屋を出ていった。さつきは大きく溜息をついた。

四

部屋に入ってきても、仁村萠はコートを脱がなかった。すみません、すみません
と、繰り返しながら、ソファの上で身を縮めている。
「さっきはおかしなことをしたりして、本当にすみませんでした」
意外におとなしそうな子だな、とさつきは思った。もと恋人の別れた女の部屋を
突きとめて、押しかける。そんなずぶとさがあるような女には見えない。
「わたしの家を、どうやって知ったの?」
「住所が控えてあったんです」
仁村萠は消え入りそうな声で答えた。要は、神崎登吾の持ちものをなにか調べた
のか。さつきは、仁村萠の全身を見直す。そんなスパイじみた真似、わたしはした
ことがなかったけどな。
「つまり、こういうこと?」
理沙が厳しい声で言った。

「神崎登吾がいなくなったから、あんたは行方《ゆくえ》を追っている。なにか手がかりになるかと考えて、さつきを巻き込んだ」

「すみません」

仁村萠は、ふたたび頭を下げた。

「彼と会って、話し合いたい。その一心だったんです。このままじゃ、気持ちがおさまらない」

「どうして別れたの？」

理沙が訊ねる。

「好きなひとができたって、言われました」

さつきは息を呑んだ。

同じだ。わたしのときと、まるで同じ。

「だったら、さつきじゃなくて、その女の家に押しかけるべきじゃないの。心当たりはないの？」

「ないんです」

現在がわからない。だから過去のわたしを攻めたのか。さつきはげんなりした。とんだとばっちりだ。

「神崎登吾の行く先、なにも手がかりはないの？」

理沙が質問を続ける。

「親戚とか、訪ねてみた？」

「彼、家族はいないんです。いとこのひとの連絡先だけはわかります。彼とたまにメールの交換もしていたみたいで、履歴《りれき》が残っているのを見たことがあります。近いうち、訪ねてみます」

そういえば、神崎登吾の部屋に行ったとき、年賀状を見たことがあった。いとこから届いたのだと言っていた。

「会えたとしても、なにを話す気？　野郎は逃げ腰なのに、それでもよりを戻したいの？」

理沙は容赦がない。

「あんたと同じ目に遭ったけど、さつきはおとなしくあきらめたよ。さつきの犠牲のうえで、あんたはしあわせな時間を過ごせたんだね」

仁村萠が顔を上げた。眼にうっすら怒りがにじんでいる。

「おとなしくあきらめることなんてできないです。そんな簡単な気持ちじゃない」

おい。

さつきの胆もさざ波立った。

ふざけるな、この女。口の利き方に気をつけろ。わたしだって、簡単じゃなかった。完全にあきらめがつくまで、どれだけ痛かったか。苦い汁を呑み込まなければならなかったか。

「でも、こうなってみて、わかったんです。わたしは彼のことをほとんど知らないんだって」

仁村萠の声が震えた。

「知りたかったけれど、彼はわたしにはあまり話をしてくれませんでした。登吾くんのこと、芦川さんならよくご存知かと思って、来たんです」

いやいや、落ち着け。現在の彼女には、他人の気持ちを思いやる余裕がないのだ。これが一年前なら、わたしだって同じだったかもしれない。

時間が過ぎれば、痛みは薄れる。時間さえ経てば、人生は変わる。思いがけない展開だって起こる。

「あなたには、話したんですか。ご家族のこととか」

家族はいない。父親は出ていった。母親は死んだ。

それ以上のことは、訊ねなかった。神崎登吾は、言葉少なだった。きっと、触れて欲しくない話なのだろうと思った。

「仁村さんは訊かなかったんですか？」

「訊けませんでした。彼にとってつらい思い出だろうし、登吾くんを不快にさせたくなかったんです。一緒にいるあいだは、愉しい気分でいて欲しかった」

ちくり、と、胸が痛んだ。

同じだ。さつきが求めたのは、神崎登吾とともに、愉快な時間を過ごすことだった。

「おいしいものを食べて、あちこちへ出かけて、思い出をたくさん作りたかった」

そうだ。それが恋愛だと、さつきも思っていた。愉しいひとときを持続させるためには、会話など無意味なものでよかった。

気分を壊したくなかったのは、仁村蒴、あんた自身じゃなかったの？

「不快にさせたくなかったわりには、彼を名前で呼ぶよね。神崎くんは、名前を呼ばれるの、厭がっていたでしょう？」

「あなたはそうだったかもしれませんが」

さつきの内心の感情が伝わったのか、仁村蒴が挑戦的に言い返した。

「私は名前で呼びたかったんです。だって、ほかの女からもそう呼ばれていたし」

さつきは嘆息《たんそく》した。対抗意識が勝ったか。

「彼の気持ちは無視しても？」

「彼の気持ちがあなたにわかるんですか？」

「少なくとも、あんたよりはわかっているよ」

理沙がずけずけと割り込んだ。

「相手が厭がることはしないって、人間関係の基本じゃないの。ましてや恋人でしょ？」

ふと、さつきは後ろめたさを覚えた。彼が厭がることをまったくしなかったとは言えないな、と思い当たったからだ。

でも、あの場合は仕方がない、と思い返す。彼が好きだったからだもの。気持ちを確かめたくて、罪もない駆け引きをしただけだもの。女なら誰だってすることじゃないか。

「譲り合って、変わらなければならないこともあると思います。それだって基本です。将来を考えれば、必要じゃありませんか」

おそらくはこいつも同じだ、と、さつきは思う。この女も、自分と同じことを彼に求めた。きっと、同じような真似をしたはずだ。

「そう、話したくないこともきっちり話し合わないといけないね」

理沙が斬り込む。

「彼、ちゃんと就職していないじゃない。そのあたりのことは話したの？」

仁村萠は、眼を伏せた。

「いくら話しても、無駄でした。登吾くんは、将来を考える意味がわからないと言うんです」

「そんな男、別れてよかったじゃない」

「でも、好きなんですよ。そういうことってあるでしょう?」

「ぜんぜんない。あたしなら、そんな男はまず好きにならないもん」

理沙の嘲笑《ちょうしょう》がさつきの胸に刺さる。まるで自分が責められているようだ。

「登吾くんの性格は、つき合ってからわかったことです。そのときはもう好きだったんです」

さつきの胸に、過去の記憶が蘇《よみがえ》ってくる。

＊

日々が過ぎる。

だんだん、さつきにもわかって来た。

神崎登吾は写真を嫌った。一緒に出かけても、さつきひとりの写真は撮ってくれるが、自分は決して写ろうとしない。

「つまらない」さつきはむくれた。「二人で写ってこそ意味があるのに」

「どうして」

い。


「友だちに見せたいよ」

「おれは見せたくない」

わかって来た。最初はああ言ったけれど、神崎登吾にもわかって来たに違いない。

さつきは神崎登吾と似ていない。口下手なところ以外、まったく似ていない。通じ合えない部分、平行線の部分の方がはるかに多い。

「また仕事を替えるの？」

自分たちには共通するものがない。その事実が見えれば見えるほど、さつきは焦った。不快にさせたくはなくとも、触れないではいられなかった。

「将来を考えて、ちゃんと就職しようよ」

神崎登吾は耳を貸さなかった。

「必要ない」

「おじさんになったら、働く場所がなくなるよ」

「おれは、きみの希望どおりに生きる気はない。期待には応えられないよ」

「それじゃ、話にならないじゃない」

「おかわりは求めないで欲しい」

さつきは面食らった。「おかわり？」

「注文の品は出した。それ以上のものは出せないという意味だ」

神崎登吾は、突き放すように言った。

「ひどい言い方をするね」

「ひどい？」

神崎登吾は少し笑った。さつきが眼をそむけたくなるほど冷たい笑いだった。

「自分の思惑どおりに相手を動かそうとすることは、ひどくない？」

さつきは黙った。

「おれは、支配されるのはごめんだ」

「……わたしは、あなたのためを思って言っているのよ」

言いながら、自分でもわかっていた。それは、嘘だ。

「あなたが好きだから言っているの」

ちょうど姉が同僚との結婚を決めた時期だった。そのせいもあって、さつきは焦っていたのかもしれない。

自分には定職がない。恋人も同じ状況では、姉や両親に対して格好がつかない。すべて自分が選んだことなのに、気おくれを感じていた。得たものは失いたくない。その一方で、確かな将来が欲しい。姉のように誰からも祝福される身になりたい。そのためには、神崎登吾を変えるしかない。父親や母親に会わせる前に、しっかりと就職をさせ、収入を安定させる。そうすれば、堂々と胸を張って彼を紹介できるのだ。

自分は、決して間違ったことはしていない。だが、神崎登吾への思いやりは、そこにあっただろうか？

「好きだから？」

神崎登吾の眼が鋭くなった。

「だったら好きにさせてくれないかな。きみが好きだと言うのは、そういう人間なんだ。おれは、おかわりは出せないよ」

おそらく、あのとき必要だったのは、問いかけだった。

あなたは、どうしてそんな考え方をするの？　これまでいったい、どんな相手に出会ってきたの？　どんな思いを重ねてきたの？

だが、訊けなかった。訊けば、この男の深い部分に触れてしまう。知りたいようで、知りたくない、心の奥底にあるもの。自分たちは、似ていない。共通する価値観はなにひとつ持っていない。それを確認してしまうのが怖い。

だから、神崎登吾の本心も、直視したくはなかった。欲しかったのは、かたちだけだった。

恋人という、世間向きの、かたち。

＊

仁村萠が、いきり立っている。

「計算でひとを好きになれるんですか」

理沙はあくまで冷笑的だった。

「誰も計算の話なんかしてないわよ」

赤い眼を吊り上げた仁村萠の顔を見ながら、さつきは思う。おそらく、わたしは去年、こんな表情をしていたんだろうな。

仁村萠との毎日も、同じように展開し、同じ結果を迎えた。それだけは確かにわかった。神崎登吾は、今度の相手とも、同じことを繰り返すのかもしれない。

そんな怪談があったな。のっぺらぼうの話だ。逃げても、逃げても、出会うひとはみな、眼鼻口がない、のっぺらぼう。

あなたが会ったという妖怪は、こんな顔をしていませんでしたか？

「さつき」

理沙に呼ばれた。

「あんたもなにかあるでしょう、言いたいことが?」

ある。

あなたが会った妖怪は、こんな顔をしていませんでしたか?

そう言ったら、頭がおかしくなったと思われるだろうな。

しかし、さつきは、神崎登吾と別れてはじめて快哉《かいさい》を叫びたい気分になっていた。

ざまを見ろ。

何人の女を好きになったところで、同じことだよ、神崎くん。あんたが出会うのは、のっぺらぼうばかりだ。

ざまを見ろ、神崎登吾。

しあわせになんか、なれるもんか。

「帰ります」

仁村萠が立ち上がった。

「芦川さん、最後にひとつだけ、失礼なのを承知で訊かせてください」

赤い眼が、さつきを射抜く。

「登吾くんは、ベッドでは、あなたとうまくいっていたんですか」

「ちょっと、あんた」

理沙が腹立たしげに言い返しかけるのを、さつきは止めた。

「うまくいっていたとはいえません」

さつきは、落ち着いた声で言った。

「彼に求められても、わたしは拒《こば》むことが多かったんです。彼には申しわけなかったと思います」

仁村萠の顔が、明らかに歪《ゆが》んだ。

勝った、と思った。

グレーの後ろ姿が、コンビニエンス・ストアの前を足早に過ぎていく。キッチンの窓から、さつきは仁村萠を見送っていた。

「嘘つき」

理沙が言った。笑っている。

「何のこと?」

「おとぼけだね。神崎登吾がいつも求めてきたって? あいつは淡白すぎる。ひょっとしたら自分のことがあまり好きじゃないのかって、いつもぼやいていたくせにさ」

「ベッドでのことまで訊くなんて、失礼にもほどがある。あの子、自分でも認めていたじゃない」

さつきもにやりと笑ってみせた。

「正直に答えてやる必要なんかない。そうでしょう?」

あの問いで、わかった。仁村萠も、自分と同じだ。あまり手を触れてくれない神崎登吾に、不満と不安を持っていたのだと。

けれど、同じだと教えて、安心させてやる必要はない。今夜、いいや、一年以上前から、仁村萠は、さつきの領分に踏み込んで来て、さんざん無礼を働いてくれた。このくらいのしっぺ返しは当然じゃないか。

「ふだんは気弱なくせに、やるときはやるね」

理沙は感心したように言った。

「さつきのそんな性悪《しょうわる》なところ、とても好き」

「ありがとう」

さつきは真顔で答えた。

「性悪な部分を含めて受け入れてくれる、友情っていいもんだね」

*

神崎登吾と一緒にいたころ、さつきはいつも不安だった。彼が自分のことを好きだという確証が欲しかった。好きというなら、もっともっと夢中にさせたかった。

だから、さつきはちょっとした駆け引きを試みたのだ。

ちょうど店長夫婦の関係が悪化して来ていて、店長から食事に誘われはじめた時期だった。そのことを大げさに伝えたのだ。

店長から誘われるの、どうしよう？

愚痴《ぐち》を聞かされる程度なのに、口説かれているという含みを込めた。

「断った方がいいと思う？」

訊ねると、神崎登吾は大きく頷いた。

「おれは、厭だ」

それだけ？　さつきは焦れた。

もっと反応してよ。やめろと言ってよ。さつきは神崎登吾に止めて欲しかった。

嫉妬して欲しかった。だから、幾たびも同じことを試した。

今日も店長から誘われたの。店長ったら寂しそうなんだ。話を聞くだけならいいよね？

「店長の話は聞きたくないな」

ある日、神崎登吾がぽつりと言った。

「聞いていて、苦しい」

さつきは嬉しかった。やった。妬《や》いている。わたしのために、もっと苦しんで欲しい。もっと、もっと苦しめ。

苦しんで、わたしのことをもっともっと、好きになれ。

＊

「長いつき合いの友だち同士は、にわか仕込みの恋人よりも理解が広くて深いからさ」

理沙がもっともらしく頷く。

「でも、そんな恋人も、あたしには必要不可欠だ。お互い、理解は狭くて浅いけどね」

「わたしもだよ」

現在、さつきはパン屋の店長と交際している。店長夫婦はけっきょく離婚したのである。その後、そんな成り行きになった。嘘から出た真実になってしまったのだ。助け合う理想的な夫婦像に憧れて働きはじめた店なのに、先のことはまったくわからないものだと、つくづく思う。

今後はどうなるかわからないし、店長のことをどこまで好きなのか、まだ自信はない。だが、少なくとも、ひとつだけは確かだ。神崎登吾と一緒にいたころ、さつきは肉体的にも満ち足りていなかった。

「あの子、どこまでも追いかけるつもりなのかね。たいした執念だ」

理沙が言う。

――おれは、支配されるのはごめんだ。

神崎登吾の声がさつきの耳に蘇る。そんなことを言ったって無理だよ。けっきょく、好きになってつき合うことって、支配権の奪い合いだもの。逃げても逃げても同じ顔に出会うだけだよ、神崎くん。

さつきは窓から離れようとして、止まった。

仁村萠の背を追うように、ひとつの影が動いていく。

まさか。

さつきの背筋に、ぞわりと冷たいものが走る。

「どうかしたの？」

はっきりとは見えなかった。思い違いかもしれない。けれど、今のは確かに、背の高い、細身の男だった。

――忘れますよ。忘れましょう。

さつきは唾を飲んだ。まさか、あの男。

――彼とあなたとは、何の接点もない。少しも似ていない。はじめから縁がなかったんです。

――どうか忘れてください。お元気で。

第三話　かまいたち

一

どんより重い雲の下、クリーム色に塗られた古い住棟が連綿《れんめん》と続いている。桜並木の歩道一面に、赤く枯れた桜の葉が散っている。日曜日の昼なのに、人影ひとつない。昨晩から今朝にかけて、真冬なみに冷え込んだせいもあるだろう。

九鬼大介《くきだいすけ》は、駅前に向かってゆるゆると歩いていた。駅中のショッピングモールを冷やかしていこうと考えているのだ。決まった買物をしたいわけではない。暇潰しだ。ホームセンターも、全国チェーンのアパレルショップも入っているから、午後の時間はどうにかやり過ごせるだろう。そう考えながら、大介は舌打ちをした。

このところ、仕事の疲れがたまっている。せっかくの日曜日は部屋で一日寝ていたかったのに、妹が子連れで遊びに来やがった。ただでさえ妹は騒がしい女だ。今では赤ん坊と二人してわあわあわめき立てる。昔ならうるさいと怒鳴って一発ぶん殴れたのに、残念ながらそれはもうできない。

ふたたび舌打ちをする。俺の人生は、子供のころの方がずっとよかった。長く生きれば生きるほど、思いどおりにならない、不愉快なことばかりが増えていく。

大介は、駅の南側の高台にある、この秋葉台団地で育った。昭和三十年代に建てられた秋葉台団地は老朽化《ろうきゅうか》が進み、大規模な建て替え工事がはじまっていた。住民たちの立ち退きが済んだ、築五十年の無人の団地群は、天気のせいでいっそう陰鬱に見えた。

直列に配置された五十棟の建物群。中心に桜の並木道、二つの公園。敷地の東側に、小学校と中学校がある。分譲型と賃貸型が入り混じった、五階建ての中層フラット棟を中心とした秋葉台団地には、単身向けから家族向けまでさまざまな間取りがある。大介の一家が住んでいるのは、桜並木の東側、敷地の南端に位置する二十五号棟だ。二十五号棟は、一階が店舗となった商店街であり、もっともありふれた２ＤＫの家族向けが集まった建物でもあった。

もともとは、祖父が経営する酒屋だった。五歳のとき、祖父が死んで、父親が跡を継いだ。そののち、一家四人、店のある二十五号棟の三階に移り住んだのだ。大介の記憶にある限り、商店街はそのころすでに寂れはじめていた。八百屋に魚屋、肉屋、パン屋。床屋に洋品店、本屋と、さまざまな店が軒《のき》を並べていたが、駅前にはすでに大型のスーパーマーケットができていたし、団地の外れにはドラッグストアとコンビニエンス・ストアが並んでいた。住民の多くはそちらに足を運ぶようになっていた。

そして四半世紀近くのち、商店街の店は、ほとんどがシャッターを下ろしている。現在も店を開けているのは、リカーショップ九鬼とクリーニング屋、そして床屋だけだ。生き残れたのは、昔からの顧客が離れにくい業種だったお蔭だろう。が、それも当代限りだった。来年の春になれば、二十五号棟も取り壊される。九鬼一家が移り住む予定である新棟の一階に、店舗は一軒もない。

大介は、桜並木を外れ、建物と建物のあいだの道に折れた。そちらを突っ切った方が、駅前通りに出るには近道なのだ。

古い団地とおさらばできるのは、大介としては歓迎だった。これまでは五階建ての中層建築が主だったが、新しい建物は、十一階建ての高層建築で、なかなかモダンな造りだ。入口はオートロックで、強化ガラスの自動扉。エントランスホールには、高い天井。コンクリート打ちっぱなしの外装と、きれいに敷き詰められた芝生。

しかし、そんな近代的な建物でも、住民たちは変わらない。薄汚れた足ふきマットや古ぼけた掛け蒲団《ぶとん》を戸口にひっかけて乾《ほ》している。箱は新しくなっても、中身は同じなのだ。ひとびとの生活は変わりようがない。

大介は、ふと眼を上げた。北西の端、十二号棟の前に来ている。入口は閉鎖されていた。むろん、立ち退きはとうに済んでいる。建物の端から、裏側にある神社の青黒い木立がわずかに見えた。四、五メートルはあろうかという高さだが、野生化した茶の木なのだと、母親から聞いた覚えがある。

一瞬、じめじめした土の匂いが立ちのぼった。なつかしい匂い。

以前、この十二号棟には、大介の同級生が住んでいた。あいつが出ていってから、ずいぶん長い歳月が過ぎた。

忘れがたい存在。そうだ。俺はあいつが「好き」だった。

「あの、すみません」

声をかけられた。

「住人の方ですか」

振り向くと、グレーのコートにくるまった若い女が立っている。十二号棟のことを指しているのか、団地全体のことを言っているのか、はっきりしない。しかし大介はいい加減に頷《うなず》いておいた。

「そうです」

「この建物には、もう誰も住んでいないんですか」

「じき取り壊しますからね」

「古くて味わいがある建物なのに、もったいないみたいですね」

通りすがりの野次馬の決まり文句だな。大介は鼻先で笑った。

「住んだらひどいもんですよ。団地型の間取りで狭い。使いにくい。おまけにぼろぼろ。水まわりは流れが悪いしね」

線路沿いにずっと続いている、同じ高さの同じ建物。大介は、高校生になって電車通学をするようになってから、会社勤めの現在に至るまで、その無個性な連なりをうんざりするほど見てきた。日が落ちると、ひとつひとつの窓には明かりがともる。人間がこしらえた平和な蟻塚《ありづか》。小さな家庭、それぞれの幸福の姿ってやつだ。ひと気のなくなった今は、昼間でもうそ寒い。墓石の列のように見えた。はやく新しい建物に移りたい。同じ墓石なら、新しい方がましだ。

「あそこ」

女が上の方を指差した。

「窓ガラスが割れていますね」

「子供が石でも投げたんじゃないですか。どうせ壊すと思って、そんないたずらをしたんでしょう」

ふと、あいつの顔を思い出していた。

少年のままのあいつが、石を拾って、ゆっくりとそれを投げる。その姿が見えたような気がした。

「お化けが出そう」

女が呟《つぶや》く。

大介は、へえ、と女の顔を見直した。知らない人間でも、そんな風に感じるんだな。

「出るんですよ」

言うと、女は眼をまるくした。

「本当ですか?」

あっさりと、信じた。単純な女だな、と大介は思う。詐欺やキャッチセールスにいかにも引っかかりそうな型《タイプ》。ふだん飛び込みで営業する相手がみんなこの女みたいだったら、わけなく契約が取れるのにな。

「この棟の裏側に小さな神社があるんですよ。いわくのある場所らしいです」

秋葉台団地一帯は、もともと小高い丘と沼があるだけの荒れ地だった。沼のほとりには、榎《えのき》の大きな古木が立っていて、神社はその根もとにあった。団地建設に際して、沼は埋められ、古木は伐《き》られたが、敷地の北西の隅に神社の社殿だけは残された。

十二号棟は、その神社に接しているのだ。神社の裏は切り立った崖で、その下は道路、道を挟んで鉄道線路の高架がかかっている。電車に乗っていると、神社のあたりがよく見える。昼間でも薄暗い、青い葉を鬱蒼《うっそう》と茂らせた木立のあいだに、社殿の瓦屋根が覗《のぞ》いている。

「見ました」

女が頷いた。

「ここまでは電車で来たんです。窓から見えました。あの古い建物は神社だったんですね」

「その神社に出るんだそうですよ、お化けが。何でも昔、団地が建ったばかりのころ、境内《けいだい》で殺人事件があったんだそうです」

女がいくぶん怯《ひる》んだ顔をした。

「小さい女の子が首を絞められたんだそうです。犯人は捕まっていないそうでしてね」

と、いうのは、あくまで噂だ。真偽不明の伝説に過ぎない。しかし、団地の住民じゅうに定着していたことは確かだった。ひとりきりでは遊ばないよう、幾度も注意されていた。あの神社、お化けが出るんだぜ。子供たちのあいだでは、そういう話になっていた。

「そんな話のせいか、この十二号棟にもよくない風説ばかりがありましてね」

水鎮《みずしず》めのお祀《まつ》りをきちんとしないまま、沼を埋め立てた。その真上に建っているのが、十二号棟なのだ。あの棟は縁起が悪い。その証拠に、十二号棟の住人は、よく病気をする。あの棟に入居すると、家庭不和になる。ほかの棟の何倍も死人が出る。よく事故に遭う。

「本当なんですか？」

女が、こわごわと訊ねる。

「さあ。ほとんどは無責任な噂だと思いますけどね」

だが、間違いなく起きた「事件」を、大介は知っている。

十数年前の夏祭りの夜、十二号棟の五階のベランダから、ひとりの女が墜《お》ちたのだ。

「わざわざ電車に乗って、この団地を見に来たんですか」

今度は大介が訊ねた。女は、はい、と首を縦に振る。

「団地の案内板を見て、あちこちを歩いてみたんですけれど、広いですね」

「あの案内板、あんまり当てになりませんよ。三十年くらい前のものですから」

女は眉を寄せた。

「どうりで商店街が終わっちゃっていると思いました。ほとんどシャッターが下りていましたもの」

終わっちゃっている？

大介は、かすかに苛立《いらだ》った。自分が言うぶんには構わないが、こんな部外者にあっさり言い棄《す》てられるのは愉快ではない。

おかしなものだな。親父の店に愛着などまるでないのに。

「営業しているのは、酒屋と床屋とクリーニング屋だけです」

その一軒、自分の父親が主人だとまでは説明しなかった。

「あなたの言うとおり、終わっていますよ。この団地自体が、いったん死んで、生まれ変わる。建て替えは、東側から順番に進んでいます。あのあたりはこの夏に取り壊されたばかりです」

大介は、東の空を指差した。

「けれど、商店街はここで死ぬ。再建はしませんからね」

鈍色《にびいろ》の雲の下には、十一階建ての新棟がいくつもそびえ立っている。手前はまだ板に囲まれた草ぼうぼうの建設予定地だ。

「きれいですね」

女は、いかにもお義理といった調子で言った。

「もしかして、秋葉台へ引っ越してこられるご予定なんですか」

「いいえ、そうじゃないんです。けど、結婚したら、ああいうところに住みたいですね」

女の視線が、新棟のあたりをさまよっていた。コンクリート打ちっぱなしの外壁。どんよりした雲を映す窓。

「この団地には、知り合いが住んでいたんです。そのひとも」

女は、大介に視線を戻した。

「ここで、子供のころを過ごしたんだそうです。とても思い出が深いみたい」

へえ、と大介もお義理の相槌《あいづち》を打つ。

「この団地を出てから、いろいろなところに移り住んだのに、いまだに夢に出てくる。夢の中では、彼はいつでもこの団地に住んでいるんだそうです。部屋はぼろぼろで、がらくたやごみが溜まっている。自分の住まいを抜け出して、建物の外へ出ようとしても、下の階へ下りる階段が見つからないんですって。通路をいくらさまよっても、二つある階段は両方とも上の階へ続いている。当時、彼が住んでいたのは最上階だったのに」

他人の夢の話など、退屈しか感じない。いい加減に聞き流していたが、ふと引っ掛かりを覚えた。

最上階？

そういえば、あいつも、この十二号棟の五階に住んでいたじゃないか。

「仕方がないから、自分の住まいに戻る。がらくたはいっそう増えて、ごみは腐りかけている。彼は、ベランダへ出て、下を見下ろす。出口はそこしかない」

十二号棟の、五階のベランダ。ひとりの女が、墜ちた。

「聞いたときは、何とも思わなかった。けど、よく考えてみたら、彼が自分の過去に繋がる話をしてくれたことは、ほかにはほとんどない。この夢の話くらいなんです。だから、無性に訪ねてみたくなったんです」

「ベランダで、彼はどうするんですか？」

「え？」

女はきょとんとする。

「下を見下ろして、それからどうするんですか」

大介は、奇妙な既視感にとらわれていた。

「出口はそこしかないんでしょう。飛び降りるんですか？」

ひとりの女が、墜ちた、過去。

「訊きませんでした」

女は当惑気味に答える。大介は失望した。

「もっといろいろな話をしておけばよかった。けど、彼はお喋《しゃべ》りじゃなかったし、私ばかりが一方的に話すことが多かったんです」

大介は、ふたたび退屈しはじめていた。知り合いの彼というのは、おそらく恋人なのだろう。そして、その男に棄てられたのだろう。面白くもない今日の出来事をくどくどと語り続ける、この女の姿が目に浮かぶ。きっと、うんざりするほど気の利かない女だったのだ。

棄てられて当然だな。そろそろ話を切り上げるか。

「かまいたち」

女が、ぽつりと言った。

「はい？」

大介は、ぎょっとした。

「今、ふっと思い出したんです。彼が話してくれた、数少ない過去のひとつ。小学生のころ、彼はそんなおかしな渾名《あだな》だったんだそうです」

おかしな渾名。知っている。つけたのは、俺だ。

「彼って」

大介は、思わず言っていた。

「神崎登吾《かんざきとうご》くん、ですか」

女が息を呑んだ。

二

神崎登吾のことは、ずっと昔から知っていた。

はじめは、「噂」だった。秋葉台団地《こ こ》では、たいていそうだ。

「十二号棟の五階、神崎さんの部屋に、ビールを二ケース配達だってさ」

母親が、電話を受ける。

「はいよ」父親が応じる。「あの家は、注文のペースが速いな。旦那が酒豪なのか」

「旦那さんは下戸《げこ》らしいよ。お客さんが多いんだって、奥さんは言っていた」

「お客にふるまうのか。太っ腹だな」

最初のころは、ただの上得意。配達から帰った父親が、大介の頭をぐりぐりと撫でながら、言う。

「神崎さんの息子さん、こいつと同い年齢《どし》らしいじゃないか。今日、はじめて見たよ」

「幼稚園にはほとんど行っていないけどね」母親の言葉に皮肉が混じる。「モデルの仕事で大忙しの、ご自慢の息子さん」

「モデル？　本当か。へえ」

父親が大介を脇に抱え込んで、そのまま持ち上げる。

「どうりで、女の子みたいに可愛い顔をしていたよ。手足なんかもか細くてな。こいつとは大違いだ」

ぶんぶんと振りまわされて、大介は笑い声を上げる。

「芸能人だったとはな」

次の「噂」は、小学校に上がったころ、耳にした。お客のおばさんが、母親と立ち話をしていたのを、聞いていたのだ。

「神崎さん、夫婦喧嘩が多かったらしいのね。夜中でも朝方でも、お構いなしにぎゃんぎゃんはじめるんだそうよ。真下に田上《たがみ》さんが住んでいるじゃない？　まる聞こえだったって」

「お子さんもいるのに、よくないわねえ」母親が、深々と頷く。「で、離婚したの？」

「そこまでは知らないって、田上さんは言っていた。でも、最近、旦那さんをまったく見かけないんですって」

神崎登吾の家庭は、この秋葉台団地の中でかなり目立っていた。常に井戸端会議の議題に取り上げられている、悪目立ちした一家だったのだ。その原因のほとんどは、奥さん。つまり、神崎登吾の母親である冏子《けいこ》の行動にあるようだった。

「神崎さんの奥さん、働いているんですって？」

「それも夜でしょう。駅裏のスナック」

店の中で、淫靡《いんび》な笑いとともに交わされる、ひそひそ話。

「親戚の店を手伝っているとかいうんだけど、本当だかどうだか」

当時の大介は知る由もなかったが、駅裏の一帯は小さなバーやスナックが軒を並べた風俗街だった。若く美しい女こそいないが、それ以外のすべてを持った女たちが、手練手管《てれんてくだ》の限りを尽くす。秋葉台団地の主婦層にとっては、隙あらば我が夫を引きずり込もうとしている魔物の巣窟《そうくつ》だ。

「息子さん、いつもひとりでお留守番をしているみたい。まだ小学校一年生でしょう。可哀想にねえ」

「でも、お酒は以前と同じくらい、たくさん買うのよ」

この重要な情報を漏らしてしまったのは、大介の母親である。

「だって」しのび笑い。「神崎さんのお部屋、男のひとがしょっちゅう出入りしているっていう話よ」

「本当？」

「田上さん、神崎さんと知らない男が一緒に階段を下りてくるところへ、ばったり出くわしちゃったんですって。神崎さんたら、田上さんが何にも訊きやしないのに、平然と言ったそうよ」

このひとはあたしの彼氏なのよ。

「それだけじゃないの。田上さんによれば、訪ねてくる男はひとりじゃないんだって」

「息子さんもいるっていうのに、あきれたものねえ」

大介は、店に直接注文をしに来た神崎炯子を見たことがある。

「ぼく、秋葉台小学校？」

話しかけられも、した。

「うちの息子も、四月から秋葉台小学校に通うのよ」

「あら、転入なさるの？」

母親が口を挟んだ。

「K学園に通っていらしたんじゃなかった？」

大介も名を知っている、私立の有名校だった。

「やはり近所の方が安心だものね。あら、この子も二年生なの？　同じクラスになったら、仲良くしてあげてね」

うちの子、登吾っていうのよ。

にこにこと顔を近づけてきた神崎炯子は、大介から見て、ただの小ぶとりのおばさんだった。まったく美人ではない。眉は薄く眼は細く、鼻は平たく唇はぶ厚く、醜女とさえいえる。

そんな神崎炯子に、恋人がいる。それも、ひとりじゃない。大人とは摩訶《まか》不思議なものだ。

「息子をK学園に入れて鼻高々だったのに、転校させるなんて」

母親は、新たな「噂」の種を仕入れたわけだった。

「神崎さん、旦那さんが出ていってから、やはりお金に困っているのね」

大介が、実際に神崎登吾を見かけたのは、それから一年ほど後だったろうか。

下校の際、小学校の校門前に、自動車が停まっていた。通りかかると、運転席から声をかけられたのだ。

「やあ」

大介の父親と同年輩の男だった。にこやかに笑っている。

「神崎登吾くんは、まだかな」

「クラスが違うから、わかりません」

ぶっきらぼうに答えて、足を速めた。二十メートルも行かないうち、クラクションの音に振り返る。さっきの自動車の助手席に、大きなランドセルを背負ったか細い躰が乗り込むのが見えた。

あいつが、神崎登吾か。

大介は、母親の「噂」話を思い出した。

神崎さんのお部屋、男のひとがしょっちゅう出入りしているっていう話よ。訪ねてくる男はひとりじゃないんだって。

あの男は、あいつのおとうさんなのかな。それとも、おかあさんの「彼氏」なのだろうか。

「今、配達に行ったら、神崎さんがすごい格好で出てきたぜ」

夏休みの午後、父親がそんな冗談を言っていたことも覚えている。

「すけすけの下着姿だった。欲求不満なのかなあ、団地妻」

「なにを言っているのよ、子供の前で」

母親が苦い顔で制した。

「恋多き神崎さんのスケジュールはぎっちり詰まっているの。あんたの出る幕はないわ」

神崎登吾には、いつも大人の世界の匂いがした。


五年生になった、四月。

新学期最初の朝。クラス割りの名簿がみなに配られた。川藤雄人《かわふじゆうと》、五味明《ごみあきら》、児玉遼次《こだまりょうじ》。三年、四年と同じクラスで仲が良かった連中の名前を確認し、ほっとしたところで飛び込んできたのが、あいつの名前だったのだ。

神崎登吾。

「神崎の面倒をみてくれ」

担任の本橋信朗《もとはしのぶお》先生は、そう言った。

「あいつは、難しいやつなんだ」

当時の大介は、秀才だった。躰が大きくて、足が速くて、勉強もできた。提案すれば、みんなが賛同した。冗談を言えば、必ず笑った。

だから学級委員に選ばれたのだ。そして、担任からさっそく頼りにされた。

「神崎には、これまで親しい友だちがいなかったんだ」

本橋先生は人気があった。冗談も言うし、話がわかる、というのが子供たちの評価だ。

「集団に溶け込むのが苦手なんだろうな」

同じクラスになってわずか数時間で、大介も気づいていた。神崎登吾の周囲には、眼に見えない壁が張りめぐらされているようだった。誰も話しかけない。自分から誰かに話しかけることもない。

「三年生のとき、ちょっとしたトラブルがあったんだ」

本橋先生は、説明した。

バレンタインデーの日、神崎登吾にチョコレートを渡そうとした女の子がいた。

神崎登吾は、それを受け取らなかった。

「そうしたら、クラスの女子が一致団結して、神崎を無視しはじめてしまってな」

それだけなら、誰も気づかなかったろう。神崎登吾には、話し相手はほとんどいなかった。

「だが、ひと月も経たないうちに、女子のあいだで内部分裂が起こってしまった」

わかるだろう、という風に、本橋先生は大介に笑いかけた。

女子ってそういうものなんだ。おまえにもわかるだろう?

「そして、一部のグループが、神崎のお母さんに言いつけに行ったんだ」

神崎くん、いじめられているんです。助けてあげてください。

「神崎のお母さんが怒ってしまって、職員室へ掛け合いに来たんだ。挙句《あげく》は校長先生まで引っ張り出されてね」

神崎炯子が学校に怒鳴り込んだことは、大介も知っていた。秋葉台では、こういう話は必ず拡がる。

「あれ以来、学校にとって、神崎は要注意人物なんだ」

本橋先生は、大介にふたたび苦笑してみせた。

先生、そこまで俺に話しちゃっていいのかな。

「実のところ、神崎の担任になってしまって、先生も頭が痛い」

ははあ。大介にはぴんと来た。先生、打ち明けて話をすることで、俺の共感を得ようとしている。俺を味方につけようとしているんだ。

「先生は、クラスの和を乱したくない。だから、九鬼も協力してくれ」

担任は、大介の肩を強く叩いた。

「あいつを仲間に入れて、仲良くしてやってくれ。な？」


大義名分ができた。

大介は、そう思った。

本当は、ずっと前から、大介は神崎登吾に近づきたいと思っていたのだ。クラスは違っても、気になる存在だった。話しかけるきっかけが欲しかった。

仲間の川藤や五味、児玉は、陽気で、乱暴で、単純な連中だ。そして、日なたにいる。無口でなにを考えているかわからない、日陰者の神崎登吾と一緒にいたがるやつはいないだろう。無理にそんなことをしたら、川藤も五味も児玉も、大介から離れていくかもしれない。

しかし今や、本橋先生の言葉がある。渡りに船だった。

「神崎も誘おうぜ」

「厭《いや》だよ、あんなやつ」

川藤が唇を尖《とが》らせる。そうしたら大介も渋面《じゅうめん》を作って言えばいい。

「仕方がないだろう。センセイの命令だ」

「一緒に帰ろう」

はじめて声をかけたとき、神崎登吾は弾《はじ》かれたように顔を上げた。

「おれと？」

不思議そうに見返した。あの瞬間の表情を、今でもときどき思い出す。

三

自分は神崎登吾の恋人だったのだ、と、女は言った。

「別れたんですか」

「ふられたんです」

女は、苦い笑いを浮かべる。

「そのうえ、姿を消してしまった。仕事も辞め、部屋も引っ越してしまったんです」

「で、あなたは神崎くんを探しているんですか？」

大介は、半ばあきれていた。ふられたのに？

「変ですよね。わかっています」女は頷いた。「でも、私は納得できない。彼ともう一度会いたいし、話をしたい。じっとしていられなくて、こうして歩きまわっているんです」

気の毒に。神崎登吾は、小学生のときのバレンタインデーからこの方、ろくな女に会わないんだな。

「神崎くんとは、結婚をする予定だったんですか」

つい訊いたのは、小学生のころ仲が良かった川藤雄人が、秋に結婚をしたばかりだったからだ。二次会で、川藤は懐かしげに言っていた。

神崎ってどうしているかな。

そして、意味ありげに目配せをした。

俺たち、あいつが大好きだったよな。

「……結婚」

一瞬の間のあと、女は深く頷いた。

「ええ、するつもりでした」

神崎登吾が、結婚する。

大介は、眼の前の女をまじまじと見直した。

背は低い。髪型はショートボブ。眼が大きい。可愛いといえなくもないけれど、美人とはいえない。グレーのコートで、体型は隠れている。が、ふとってはいないしやせてもいないようだ。強《し》いて形容するなら、こけしみたい。大した女じゃない。

現在のところ、大介に恋人はいない。女とは長続きしないのだ。知り合うのは夜の街で働いている女ばかりで、つき合うというより関係を持つ、それだけの仲だ。そしてだいたい二、三ヵ月から半年で関係が切れる。

暴力はふるわない。いや、あなたは言葉で他人を殴ると女に言われたことがあった。やさしくないことは自覚している。無知は軽蔑するし、その感情を隠さない。馬鹿には馬鹿とはっきり言う。甘えられるのは嫌いだ。あいにく俺はベッドを出たら正気に戻る性質なんだ。鬱陶《うっとう》しいと口に出す。顔色を窺《うかが》ってまで一緒にいたいと思った女はこれまでいない。

だから、眼の前にいる、こういう女にも腹が立つ。

自分を棄てた恋人を追う。しかもそれをぺらぺらと見ず知らずの人間に話す。見下げ果てた女だ。恋に夢中な自分自身に酔っているのか。誰かに可哀想な自分の話を聞いて欲しくて仕方がないんだろう。

だったら遠慮なく訊いてやろう。どうせ暇な日曜日だ。

「神崎くんは、どうしてあなたを棄てたんですか？」

女は眼を伏せた。

「好きなひとができた、って言われたんです」

川藤の声が、大介の耳にふたたび蘇《よみがえ》った。

俺たち、あいつが大好きだったよな。


そうだ。

俺は、神崎登吾が好きだった。

＊

一緒に帰ろう。一緒に遊ぼう。

なにを言っても、神崎登吾はおとなしく従った。が、遊び仲間によそ者が加わったことを、仲間たちは喜ばなかった。

「あいつ、暗いよ」

川藤がもっとも不平を口に出した。

「神崎がいると愉しくない」

「そう言うなよ」

大介は、なだめるしかなかった。大介自身は、すぐ傍《そば》で神崎登吾が呼吸しているのが嬉しかったのだ。

仲間に入れてやったんだ。俺のお蔭だ。感謝しろ。俺たちの仲間に入りたいやつはたくさんいるんだぞ。その中からおまえを入れてやったんだ。喜べ。

が、言いたいことはなにも言えない。別れてから、もどかしさが募る。

今日、神崎登吾はぼんやりしていたな。俺が話しかけたのに、返事も上の空だった。冗談を言っても、困ったように薄笑いを浮かべるだけだ。反応が鈍い。なにを考えているんだろう。あいつは、俺をどう思っているんだろう。声をかければついて来る。俺のことを嫌いではないはずだ。

ひと月ほど経つうち、嬉しさは薄れ、だんだん焦りを覚えて来た。

あいつ、あまりに鈍すぎないか。俺をなめてもらっては困る。神崎登吾は、俺に感謝し、俺の言うことを素直に聞くようになるべきなんだ。

「今日も神崎を誘うの？」

川藤が口を尖らせる。大介は不機嫌に返した。

「センセイの命令だぞ。しょうがないだろう」

「俺はあいつが好きじゃないな」五味が呟く。「大ちゃんは、あいつが好きなのか」

大介は返事に詰まった。頬に血がのぼるのが自分でわかる。

俺は、あいつが好きなんだ。気がつくとあいつのことを考えている。あいつを眼で追っている。自分でもおかしいとは思う。でも、どうにもならない。

あいつも俺のことを同じように思うべきだ。俺ばかりがこんな思いを抱えるなんて、あまりにも不公平じゃないか。

「俺も好きじゃない」児玉が言う。「一緒にいても面白くない」

この気持ちは、こいつらにぜったい気取《けど》られてはいけない。馬鹿にされたくはない。

「好きじゃないなら、好きになるようにしろよ」

大介は声を荒げた。

「愉しくないなら、愉しめるようにすればいいじゃないか」

意味などない。自分の思いを悟られたくないあまり、せっぱ詰まって口走った言葉だった。

「そうか、わかった」

が、川藤は不敵な笑いを浮かべた。

「俺たちが好きなように遊んでやればいいんだな」

川藤は、さっそく「遊び」はじめた。

国語の授業中だった。あたたかい初夏の風に乗って、窓から紋白蝶《もんしろちょう》がひらひらと舞い込んだ。

ひそやかに、くすくす笑いが起こった。見ると、川藤が神崎登吾にごそごそとちょっかいを出している。神崎登吾は最前列、川藤はその斜め後ろの席だった。大介の席は最後列だ。なにをしているのか、最初はわからなかった。

川藤が腕を伸ばす。神崎登吾がびくりと身を震わせる。笑い声が、さざ波のように拡がる。

ようやくわかった。川藤が、輪ゴムを飛ばして神崎登吾にぶつけているのだ。

「なにがおかしいんだ」

黒板に向かっていた本橋先生が振り返ると、笑いはおさまった。

大介は笑えなかった。不愉快だった。神崎登吾を標的に「遊び」をするなら、まず俺に権利がある。そうじゃないか？

いつの間にか、教室から蝶の姿は消えていた。

「咽喉《のど》が渇いたな」

帰り道、コンビニエンス・ストアの前に差しかかったところで、神崎登吾に川藤がにやにやと笑いかけた。

「おまえ、金を持ってるか？」

神崎登吾は、頷いた。

「ジュースを買って来てくれよ」

川藤め、また遊びはじめやがったな。大介は思った。川藤ばかり愉しませてたまるものか。

「買って来いよ」

ためらう神崎登吾に、大介は声をかけた。

「俺と、川藤と、児玉と五味の分だ。金はあとで払うからさ」

神崎登吾が、店に向かってのろのろと歩き出す。

「おい」

大介は川藤の背をつついた。

「隠れよう」

店の横にある駐車場に走り込み、大型トラックの蔭にすべり込む。川藤が、大介の肩に飛びついて来た。

「大ちゃん、意地悪だなあ」

児玉と五味も、歯をむき出しながら続く。

「おもしろい」

「あいつ、びっくりするだろうな」

「泣いちゃうんじゃないか」

「しいっ」大介はひと差し指を立てた。「戻って来たぞ」

ジュースの入った袋を提げた神崎登吾は、さっきまでみながいた歩道に立って、あたりを見まわしていた。

「きょろきょろしてやがる」

川藤が浮き浮きと囁《ささや》く。

「おかしいな、あいつ」

不意に、神崎登吾はその場にしゃがみ込んだ。

「座っちゃったぜ」

「泣くんじゃないか」

「泣けばいいな」

大介は言った。本当にそう思っていた。ぞくぞくする期待感がある。神崎登吾が泣けばいい。傷ついて、赤ん坊のように泣くがいい。

あいつが、俺に棄てられて傷つく。俺を想って泣く。

ひっひっひっひ、と川藤は笑った。

「大ちゃん、悪いなあ」

神崎登吾は泣かなかった。しゃがんだまま、じっと動かない。

「何だ、あいつ」

児玉が苛立った声を出した。

「動かない」

「どういうつもりなんだろう」

「石みたいだ」

大介は低く応じた。「泣かないな」

泣け。傷つけ。心細いだろう？　寂しいだろう？　不安じゃないのか。せっかくできた友だちに棄てられて、途方に暮れているんだろう？　俺に戻って来て欲しいと願っているんだろう？　泣けよ。

「つまらないな」

五味が唸《うな》った。

「このまま帰っちゃおうか」

川藤も、舌打ちをした。

「面白くない。帰ろうぜ」

そうだ。帰ってしまおう。それがいい。

大介は思った。そして、明日になったら言うんだ。

ごめん、ごめん、神崎。おまえのこと、すっかり忘れていてさ。

みんなで大笑いしてやるんだ。きっと楽しいぞ。

「大ちゃん？」

大介は、大型トラックから離れ、神崎登吾の方へ歩き出していた。

「大ちゃん」

背後で、川藤の不満そうな声がした。

「何だよ」

しゃがんだままの体勢でいた神崎登吾が、大介の気配に気づいたらしい。顔を上げた。

「………」

神崎登吾は、なにも言わない。黙って大介を見返している。

なにか言えよ、おまえ。

大介も、無言で神崎登吾の前に立った。神崎登吾は、乾いた眼で大介を見上げている。

なにか言ってみろよ、神崎。何だよ、その眼は。素直に傷つけよ、ひとりぼっちのくせに。

大介は、苛立った。

仲間でいたかったら、もっと俺に媚《こ》びろ。

ばたばたばた、と足音がして、川藤が怒鳴った。

「ちゃんと買ったのか」

神崎登吾は、大介を見つめたまま、小さく頷いた。

「よこせ」

五味が、神崎登吾の手から袋を取り上げた。

「……やっぱり」

神崎登吾が、かすかな声で呟いた。

「なに？」

大介は訊いた。しかし、神崎登吾は視線を歩道に落とすと、ふたたび口を閉ざした。

「やっぱり」？

俺たちがいずれはああいう態度に出ることを、あいつは予想していたんだろうか。

大介が、あのときの神崎登吾の眼つきの意味に気づいたのは、だいぶ経ってからだ。高校生のころ、つき合いはじめの恋人とデートをした。行き先は、小学校低学年以来の動物園だ。秋の昼下がり。動物たちの動きは緩慢《かんまん》だった。

「やる気ないわねえ、このライオン」

彼女が、笑いながら指を差した。

ひとびとの視線に晒《さら》されながら、ガラスの檻《おり》の中で横たわる牡《おす》ライオン。その眼を見たとき、ようやく思い当たった。あの日、神崎登吾の眼に浮かんでいたのは、諦念《ていねん》。みずから置かれた立場を悟りきった、あきらめの感情だった。

そう、あれは、犠牲者《いけにえ》の眼だったのだ。


神崎登吾は、大介たちのいけにえだった。

教科書一式を、ごみ箱に棄てる。給食のとき、煮物に牛乳をぶちまける。体育の時間、着替えを水びたしにする。

本橋先生は、止めなかった。着替えを濡らしたときは、さすがに放課後、神崎登吾を含めた全員が教室に残されたが、強く叱られはしなかった。

「遊びのつもりが、行き過ぎました。ごめんなさい」

大介が殊勝《しゅしょう》に言って、みなが頭を下げると、本橋先生は言った。

「自覚して、反省しているんだな」

大介は、はい、と答えた。

「神崎は、おまえたちの友だちだよな」本橋先生が、念を押す。「ただの遊び、おふざけだった。間違いないな？」

大介も川藤も五味も児玉も、はい、と繰り返した。洋服が乾かず、体操着を着たままの神崎登吾が返事をしたかどうかは、わからない。

「ぼくは、神崎くんが大好きです」

川藤は、さらりと言い放った。

「ぼくもです」

五味や児玉も、それに続いた。

「好きです」

「神崎くんは、友だちです」

本橋先生は、満足げに頷いた。

「神崎、許してやるな？」

それから、そっと神崎登吾の耳に囁きかけた。

「お母さんには言わないな？」

瞬間、神崎登吾が声にならない呟きを発した。そんな気がした。大介には、聞こえたように思ったのだ。

――やっぱり。と。

好き。

川藤や五味が軽々と口にしたひと言が、大介には言えなかった。

「俺はおまえが好きだからな、神崎」

その言葉は、それから、大介を除いたみんなの合言葉になった。

「おまえが好きなんだ。わかっているよな？」

笑いながら言えば、なにをしても許される。登下校のとき、神崎登吾の背後から駆け寄って、ランドセルに思いきり蹴りを入れるのも、遊びだ。授業中、背中や頭をめがけて消しゴムを投げるのも、遊びだ。あいつが好きだから、的にしている。

本橋先生お墨つきの合言葉だ。

「好きだ、神崎。おかあさんには言わないよな？」

大介には、言えなかった。

構いたい気持ち。言いなりにさせたい気持ち。腹立たしい気持ち。

感情は、出口を見つけられず、大介の体内で荒れ狂う。

「神崎、俺はおまえが好きだ」

だから、おまえは俺を、どこまでも許せ。

四

風が吹き寄せて、足もとの落葉を舞い上げた。

「かまいたち」

寒そうに肩をすくめて、女が呟く。

「妖怪の名前でしょう?」

「そうです」大介は頷いた。「風に乗ってやって来て、人間の躰を刃で斬り裂く」

「そんな渾名が、どうして彼につけられたんでしょうか」

簡単だよ。大介は胆《はら》で応じた。神崎登吾が、果物ナイフで躰を裂いたからだ。

＊

神崎登吾を待ち伏せしたのは、七月に入ってすぐの日曜日だった。

そのころ、神崎登吾は大介たちの誘いを断るようになっていた。一緒に帰ろうと言っても、遊ぼうと言っても、黙って首を横に振る。

「生意気だ」

川藤が腹立たしげに言った。

「あいつ、締めちゃおうぜ」

児玉も五味も、賛同した。

「そうだ、そうだ」

「断るなんて失礼だよな。わざわざ声をかけてやっているのに」

「あいつの家の前で張り込もうか」

大介は、提案した。

「探偵みたいにさ」

川藤が、にやりと笑った。

「遊びだもんな」

そうだ。遊び、探偵ごっこだ。大介と川藤は探偵、五味と児玉は刑事の役だ。凶悪な強盗殺人犯である神崎登吾のアジトを突きとめた。犯人は、秋葉台団地の十二号棟、五階の一室に潜伏している。団地の階段は二ヵ所、入口も二ヵ所ある。二手に分かれて見張る。

日曜日の朝、十時半から、張り込みをした。梅雨空はまだ続いていて、空は雲で覆われた、蒸し暑い日だった。

「出て来るかな」

川藤は、嬉しげに息を弾《はず》ませていた。

「来るさ」

答えながら、大介は思っていた。神崎登吾は、一日じゅう部屋にこもっている気かもしれない。まさか、朝早くに出かけたなんてことはないだろうな。

いや、そんなことはあるまい。出て来ないようなら、呼び出そう。俺たちは、ぜったいにあいつを捕まえる。

「出て来たら、すぐさま逮捕だ」

大介は、川藤に囁いた。ひどく興奮していた。

「逮捕して、処刑する」

神崎登吾は、怯《おび》えるだろうな。なにをしても、あいつは泣かない。それが気に入らないんだ。どうにかして泣かせてやりたい。

「凶悪犯だからな」

黄色いパーカーを羽織った、うつむき加減の神崎登吾が、十二号棟の建物を出て来たのは、昼少し前。張り込みごっこに少し飽きはじめたころだった。

「神崎」

川藤が呼ぶ。神崎登吾は弾かれたように顔を上げた。

「捕まえた」

それから、五味と児玉を呼んで来て、みんなで裏の神社に行った。殺人鬼もお化けも、誰もいない境内はひんやりと涼しかった。

神崎登吾は、パーカーのポケットに手を入れたまま、身を固くしていた。

「おまえ、なにか持っているんだろう？」

川藤が言ったのは、冗談のつもりだったに違いない。

「ポケットに凶器でも隠しているんじゃないのか？」

川藤は、神崎登吾の腕を摑《つか》み、強引に引き出そうとした。

「………………」

神崎登吾は無言で抵抗した。が、大柄な川藤の力にはとうてい敵《かな》わなかった。

「おい」川藤が、素《す》っ頓狂《とんきょう》な声を上げた。「こいつ、本当に凶器を持ってるぜ」

神崎登吾は、竹の鞘《さや》に入った果物ナイフを握りしめていたのだ。

「どうしてこんなものを持っているんだよ、おまえ」

大介の肌がぞわぞわと粟立《あわだ》つ。

「凶器だ」

児玉が言った。

「こいつ、ひとを殺すつもりなんだ」

これは遊びだ。冗談だったはずだろう？

「……な」

神崎登吾が、低く吠《ほ》えた。

「なに？」

五味が大声で訊き返した。

「今、何て言ったんだ。聞こえないよ」

「寄るな」神崎登吾は、ふたたび口を開いた。「これ以上、近くへ来るな」

刺す気だ。

神崎登吾の眼は、大介を見据えている。俺に言っているんだ。大介は、冷水を浴びたような気分になった。

「へえ」川藤が強気に返した。「怖い怖い。誰を刺す気なんだよ」

やめろ。

大介は、川藤に言おうとした。が、声が出ない。

こいつが見ているのは、俺だ。挑発するな。

「刺してみろよ」

川藤が嘲笑《ちょうしょう》する。

「やれるもんなら、やってみろ」

神崎登吾が、果物ナイフの鞘を払って、自分自身の腹にずぶりと突き立てた。

「わあ」

叫んだのは、誰だかわからない。

大介は境内を走り出た。川藤も、児玉も五味も、走っていた。

後も見ずに、逃げた。


神崎登吾は、水曜日まで学校を休んだ。

大介は、登校して来た神崎登吾に声をかけなかった。近づけなかったのだ。声はまだ、耳に残っている。

これ以上、近くへ来るな。

「あいつ、プールは休んだな」

川藤が言った。

「だけど、元気そうじゃないか」

五味が頷く。

「かすり傷だったんだ、きっと」

「深く刺したわけじゃなかったんだ」

そうに違いないと大介も思う。その証拠に、バレンタインデーの事件のときは、学校へ怒鳴り込んで来た神崎登吾の母親は、今度はなにも言って来ない。あいつはおかあさんに言わなかった。母親に知られずに済む程度の怪我なんじゃないか。

「あいつ、気持ち悪いよな」

川藤が、苦々しく吐き棄てた。

「やっぱり好きじゃない。好きになんかなれない。異常だもの」

そのとおり、あいつは異常だ。俺たちとは違う。

「遊んでやらなくていいよな、もう」

そうだ。遊びの時間は終わったのだ。

「遊ばないよ」大介は言った。「あいつは、かまいたちだ」

近づいたら、切られるぞ。


だが、神崎登吾に手が出せなくなったのは、そのことだけが理由ではなかった。

夏休みに、あいつの母親が死んだからだ。

――そして、その後で、あの不気味な男が。

*

「神崎くんのおかあさんの話、聞きましたか」

大介は、女に訊いた。自分が知っていることをみんな喋ってしまいたい。この女は知りたがっている。教えてやるのが親切というものだろう。

「おかあさん？　事故で亡くなられたんですよね」

「神崎くんは事故って言っていましたか？」

大介は、わざとらしく訊き返した。

「事故ではなかったんですか」

案の定、女はすぐさま食いついた。

「いや、ぼくもよく知らないんですけどね」

大介は、十二号棟の五階あたりを指差してみせた。

「住んでいた部屋のベランダから、裏の神社に墜ちたんです」

女が気味悪そうに建物を見上げる。

「ひょっとして、自殺だったんですか」

「警察の調べでは、事故だ、という結論におさまりましたが、いろいろと噂はありましたよ」

あのひと、旦那さんとは別居していたんでしょう？

男が出入りしていたっていうじゃない。なにかあったんだ。

「神崎くんのおかあさんが亡くなったのは、団地の夏祭りの夜だったんです。並木道には屋台がずらりと並ぶ。公園広場では盆踊り。もうひとつの公園ではカラオケ大会。とにかくにぎやかな夜でした。住民の大勢は遊びに出ていた。建物の中にいたひとはあまりいなかったから、目撃者もいなかったんでしょう」

死んだときは、裸みたいな格好だったっていうじゃないの。いくら暑いからって、ねえ。

部屋に男が来ていたんじゃないか。

十二号棟のひと、よく聞いていたらしいじゃない。あのひとが飛び降りてやるってわめき散らすの。もしかしたら、別れ話がこじれて、自殺したのかもよ。

あの夜も、喧嘩をしていたんでしょう。男と？

神崎さんは、その男に殺されたんじゃないの？

「登吾くんは、彼は部屋にいなかったんですか？」

「神崎くんも遊びに行っていたんです。ぼくは彼の姿を並木道のあたりで見かけましたよ」

たこ焼き屋の屋台の前に、神崎登吾はいた。ひとりではなかった。大人の男と一緒だった。以前、自動車で迎えに来ていた男と同じ人物であったかどうか、大介にはわからなかった。

「彼はなにも知らなかったんですね」

あの夜、屋台の黄色い明かりの下、神崎登吾は楽しくもなさそうな顔をしていた。いつものように。

誰もが笑みを浮かべている祭りの雑踏《ざっとう》で、あいつだけは表情もなく虚空《こくう》に眼を据えていた。

「朝まで気がつかなかったみたいですね。死体が見つかったのは次の日の朝なんです。神社の茂みに倒れているのを、通りかかった住人が見つけたんです」

神崎登吾は、こう証言したという。

縁日から帰って来たら、母親は部屋にいなかった。ベランダへ出る掃出《はきだ》し窓は開けっぱなしで、洗濯物も干しっぱなしだった。

「死体からはアルコールが検出された。ずいぶん酔っ払っていたらしいですね。だから、洗濯物を取り込もうとして、誤って落ちたんじゃないかという結論になったんです」

「おかあさんが夜じゅう帰って来なかったの、さぞかし心配だったでしょうね」

「神崎くんのおかあさんは夜のパートに出ていた時期もあったし、夜にふと出かけることは珍しくなかったみたいですよ」

二学期になってから、神崎登吾は学校へ来なかった。

十二号棟を引き払って、同時に転校したのだ。遠い土地へ行ったわけではない。

駅の反対側の親戚の家へ引き取られたのだという話だった。だが、神崎登吾の姿を、大介は見ていない。

＊

「神崎ってどうしているかな」

結婚式の二次会で会ったとき、川藤は言っていた。

「俺たち、あいつが大好きだったよな」

いかにも愉しそうに、そう言っていた。神崎登吾にまつわる記憶は、川藤の中ではいい思い出なのだ。やんちゃな武勇伝のひとつなのだろう。

大介とて、同様だ。神崎登吾と「遊んで」いた一時期は、愉しかった。小学校を卒業後、私立のK学園へ進学した。かつて神崎登吾が通っていたという学校。学費が高いので、父親は渋い顔をしたが、母親は喜んだ。九鬼さんの息子さんは優秀なのねと、団地じゅうで囁かれることになったからだ。

小学校で優等生だった大介は、K学園で埋もれた。

大学卒業までエスカレーターからは脱落しなかった。名の知れた大企業への就職もクリアした。配属された営業部での成績は良くも悪くも目立つほどではないが、立てた目標はひととおり達成してきた。二十七歳になる今日まで大きな失敗をしたことはない。大介は自分をよく知っている。おのれの分をわきまえている。

そうだ。わかっている。際立《きわだ》った秀才で、みなの中心にいられたのは、小学校のころだけだった。あの全能感は、あれきり得られない。

「恨んでいるかもしれないな」

五味が、ぼそっと言った。

「俺たちがあいつにしたこと、今でいえば完全にいじめじゃないか？」

「違うよ」

川藤は、こともなげに笑った。

「俺は、あいつのこと大好きだったぜ」

「悪いなあ。川藤は相当なサディストだ」

「神崎がマゾヒストなんだよ。俺、ほかのやつにはあんなことはしなかった。あいつがやらせたんだ。あいつのせいだよ」

「おまえがいちばん悪いよ、川藤」

大介が言うと、川藤は口を尖らせた。

「何でだよ。大ちゃんがはじめたことじゃないか」

まるで子供のままの口調だった。五味と児玉がどっと笑った。

「遊んでやれ、と言ったのは大ちゃんだぜ」

なるほどな。大介は思った。神崎が悪い。そして俺が悪い。ならば川藤が過去に痛みを感じるはずがないのだ。

「だってさ」

川藤は、にやにやと笑いかけて来た。

「大ちゃんも、神崎のことは好きだったんだろう?」

――好きだ。

だから、おまえは俺を、どこまでも許せ。

*

がさがさと落葉を踏む音がして、十二号棟の建物の蔭からひとりの男が現われた。

「ああ」

大介は、夢から醒《さ》めたような気分になる。ここには、神崎登吾はいない。過去の幻影が破れ、現在が還ってきた。

「すみません」

女も、気まずげな顔で、大介を見つめ直す。

「お時間を取らせてしまって、すみませんでした。いろいろお話を聞けて、ありがたかったです」

「いい話はあんまりなかったですけどね」

大介は、苦笑した。女は話を切り上げようとしている。惜しいな、と思う。神崎登吾のことを、もっと話していたい。だが、女を引き留められる話題は出し尽くした。

「神崎くんと会えるといいですね」

心にもないことを言う。女が軽く会釈《えしゃく》をして、背を向けた。桜並木へ向かって歩いていく女の後姿を、見送るともなしに見送る。

背の高い中年の男が、大介にゆっくり近づいて来る。

男の顔に、覚えがある気がした。

――まさか。

＊

事件ののち、新学期を迎えて間もないころ。

大介は、川藤たちと、夏休みのあいだは立ち入り禁止だった神社に行ってみた。胆《きも》だめしの気分だった。以前とまるで変わりない、ひと気のない境内。高くそびえる茶の木。湿った土の匂い。神崎登吾の母親の死体が見つかった茂みのまわりには、ロープが巡らされていた。

「ここだろう?」

「うん、そうだ」

小声で囁き交わした。

「あいつの家は、あそこだよな」

児玉が、十二号棟の五階を指差した。

「あの高さから墜ちたら、すぐ死んじゃうのかな」

「首の骨が折れていたんだってさ」

「脳みそも出たかも」

川藤がくすくすと笑う。大介も笑ったふりをした。

「なにを見ている？」

不意に、大人の男の声がした。

大介は、弾かれたように振り返った。背が高い、やせた若い男が立っている。

「そこは、女のひとが死んでいた場所だろう？」

男は穏やかな調子で言った。

「わざわざ見に来たのか。怖くないの？」

殺人鬼やお化けではない。団地の住人だろうか。大介は少しほっとした。

「怖いもんか」

川藤が言い返した。

「俺たち、死んだひとを知っているんだ」

いかにも自慢げに、五味が胸を張る。大介も口を合わせた。

「死んだ女のひとの子供と、ぼくたちは友だちなんです」

「友だち？」

男の眼つきが、鋭くなった。

「嘘だろう。あの子に友だちはいない」

言うなり、男は腕を伸ばし、大介の肩を摑んだ。

「友だちだ、好きだと言いながら、あの子を苦しめた。そうだろう？」

男の指が、肩にぐりぐりと強く食い込む。ほとばしるような憎悪の感情。ひょっとしたら、この男は殺人鬼なのかもしれない。

大介は悲鳴を上げた。

「おまえも、墜ちたいか?」

わああ、と大声を上げて、川藤が駆け出した。児玉と五味も、続いた。

「離して」

半泣きになる。男の指の力が抜ける。言葉にならない吠え声を上げながら、大介も逃げた。

神社を飛び出すと、照りつける白々した日差し。すぐには眼が見えない。だが、めちゃくちゃに駆けた。

*

――まさか。

大介は、怯《おび》えていた。逃げ出したい。けど、足がすくんで動けない。

同じ男のはずはない。気のせいだ。昔のことを思い出していたから、こんな風に思うんだ。

男が近づく。大介の横を通り過ぎる。風が吹いて、地面の枯葉が乾いた音を立てる。すれ違いざま、耳もとで声を聞いた気がした。

「おまえも、墜ちたいか？」

第四話　子泣きじじい

一

神崎登吾《かんざきとうご》。

口にすると、違和感がある。昔から、彼を名前で呼んだことはなかった。面と向かっても、蔭ででも。

——それに、彼は自分の名前を嫌っていた。

「お休みの日に、わざわざお時間を作っていただいて、すみません」

向かいの席に座っている女——仁村萠《にむらもえ》は、深々と頭を下げる。まったくそのとおりではある。大学病院で理学療法士として働いている大佛新子《おさらぎしんこ》は、このところ疲れがたまっている。そのうえ、昨夜は遅くまで同僚の愚痴酒《ぐちざけ》につき合わされたのだ。胃が重い。

「構いませんよ。他人と話をするより、ひとりでぼうっとしていたい。どうせ休日の朝はこの店でコーヒーを飲むことに決めているんです。もっとも、わたしではお役に立てないと思いますけどね」

店の奥から、注文したコーヒーの香りが強く立ちのぼってくる。

「手紙でもお伝えしましたけど、あの子の居場所を、わたしはまったく知らないんです」

待ち合わせの喫茶店を指定したのは、新子だ。まず、住んでいるマンションから近い。そして、大通りから外れていて目立たない。昔ながらの純喫茶で、お客は常連ばかり。さらに、店主とは古い仲。込み入った話がしやすいと思った。

込み入った話？　そう、神崎登吾に関わる話なら、厄介《やっかい》に決まっている。仁村萠という娘、二十一、二歳だろうか。一見、おとなしそうな顔をしているのに、男を追いまわす根性はあるのだ。

「あの子はただのいとこ。わたしの死んだ母親が、あの子の母親の姉というだけのことで、それほど親密につき合って来たわけじゃないんです。年賀状だけの関係ですよ」

「けど、大佛さんのことは、彼からよく聞いていました」

仁村萠が、すがりつくような眼を向けた。

「たったひとりの大事な身内だと言っていたんです」

おやおや、ずいぶん嘘つきだな。新子は苦笑を抑えた。あの子がそんな言葉を口にするとはとても思えない。

「昔から、とてもお世話になっていたんだとも、彼は言いました」

嘘の上塗《うわぬ》り。あの子が自分に多少なりとも気を許しているとしたら、よけいなお世話をいっさいしなかったから、なのだ。それは間違いない。ほんの二週間ほど前、神崎登吾は、同じ店の、同じ席に座って言っていたのだから。

——やさしい言葉をかけてくれるひとは、信じない。

「お世話をした覚えはないですよ。現に年賀状が唯一の糸ですもんね。年に一回でも消息を確かめないと、いつ行方不明になるかわからない子なんでね。わりと頻繁に引っ越すんですよ。もちろん、わたしには連絡なしです。ありがたいことに、郵便局で移転の手続きはしてくれているみたいで、出しさえすれば返事は来ます」

「ということは、お正月が過ぎれば、彼の移転先はわかるということですね」

仁村萠の眼が光った。

「私、知りたいです。彼から返事が届いたら、知らせてもらえますか」

知らせる？　それはあぶないな。

新子は仁村萠を観察している。が、外見から本質が見抜けるはずもない。眼を見れば人間がわかる、というのが死んだ母親の口癖だったが、お蔭で結婚に失敗し、友だちとも恋人とも長続きせず、他人との揉《も》めごとが絶えなかった人生を送った。

「お約束をするのは難しいと思いますよ」

移転先など、教えるわけにはいくまい。その結果、刃傷《にんじょう》沙汰《ざた》でも起こされたら、たまらない。

「あの子からの返事は、一月中に届くことが滅多《めった》にないですしね。気まぐれなんです。暑中見舞いになるか、クリスマスカードになるか」

　店の奥から、銀の盆にコーヒーカップを二つ載せて、小柄な店主が音もなく現われた。

「お待たせいたしました」

　くぐもった声で言う。仁村蒴はそちらに眼も向けない。

「コーヒーはわたし。カフェオレはこのひと」

　新子がコーヒー以外を頼まないことは、店主はよく知っている。改めて言う必要もないと思ったが、いちおう口に出す。店主は小さく頷《うなず》くと、テーブルの上にカップを置いた。ごつごつした指がしなやかに動く。店内の照明は薄暗いし、窓は入口脇にひとつだけ。カウンターの中にいるときはわからないが、こうして近くへ来ると、店主のふとい首やがっしりした肩、胸の厚みがはっきりと確認できる。やめてからは肉がつく一方だが、昔はプロボクサーだったのだ。体重は増しても、身ごなしは軽い。親しい女には、軽く顎《あご》をジャブする真似をするのが、この男の癖だった。

「いつになっても構わないんで、住所は必ず教えてくださいよ」

　店主がまだテーブルの横を去らないうちから、仁村蒴がもどかしげに口を開いた。美人とはいえないが、よく動く表情には魅力がなくもない。

「彼ともう一度会って、話をしないうちは、私、ぜったいにあきらめられませんから」

憑《と》りつかれているんだ。その気持ちは、新子には痛いほど理解できる。

「それで、今日はわたしになにを訊きたいんですか」

「彼のことなら、何でも知りたいんです。私は、彼について、知らないことがあまりにも多すぎた。たとえば、彼のおかあさんのこととか、ちっとも知らなかったんです」

「叔母のこと？」

新子は思わず眉を寄せていた。

神崎登吾の母親——炯子《けいこ》ちゃん。

「叔母の話なら、悪口しか言えませんよ。わたしは叔母が苦手だったんです」

どこまで話せばいいのだろう。何といっても、神崎登吾はこの女から逃げたのだ。話していい部分は限られる。

二

新子が生まれたとき、神崎炯子が母親に向かって最初に言ったのは、おばさんなんて呼ばせないで、というひと言だったという。だから新子は母親の妹を、炯子ちゃん、と呼んでいた。

新子が三歳のとき、母親は離婚した。理由は父親の浮気だったという。それも、新子が母親の胎内《たいない》にいるときにはじまった、という典型的すぎる情事であったようだ。気の強い母親は浮気が発覚するとすぐさま父親を叩き出した。

炯子ちゃんは、母娘の家にしょっちゅう出入りして、繰り返し言っていた。

「可哀想に、おねえちゃん。奥さんの妊娠中に浮気するなんて、最低の男を摑《つか》んじゃったのね。子供を棄《す》てて平気でいられる父親なんて、信じられない。新子ちゃんが可哀想、可哀想」

新子には、父親の記憶はほとんどない。両親が離婚してから、父親とは会ったことがなかった。どこかで生きてはいるのだろうと想像するばかりだ。父親について覚えているのは、たったひとつ、花札で遊んでくれたことだけだ。

「トランプならまだしも、花札なんてね。まったくろくな男じゃなかったわ」

母親は舌打ちまじりに言っていた。

「でも、それを炯子になんか言われたくないわよ」

炯子ちゃんの言葉は、新子にとっては、耳に注がれた毒だった。この子は可哀想な子、この子は棄てられた子。

「可哀想って口先で唱えるだけで、おしめひとつ替えてくれるわけじゃなし。あれは同情じゃない。憐《あわ》れんでいるふりをしたいんだ。自分が勝ち誇りたくてね。昔から烔子はそういう女なの。あたしがそろばん塾へ通えば、自分も行くと両親に泣きつく。柔道をはじめれば、またもついて来る。恋人ができれば、デートに割り込む。いつだって勝手に対抗意識を燃やして、勝とう勝とうとする。姉妹なんて、わずらわしいったらない」

新子が五歳のとき、烔子ちゃんは結婚して、すぐに子供が産まれた。それが、神崎登吾だ。

「叔母は、あの子を産んでからも、家にちょくちょく遊びに来ました」

新子は、愉快ではなかった。烔子ちゃんはいつもべたべた躰を触ってきて、甘ったるい声でからかうからだ。

「新子ちゃんは、おむつ替えのとき、オシッコを噴水みたいに飛ばしたわよね」

「おんぶしてスーパーマーケットへお買い物に行ったら、そのまま吐いちゃって、ママの洋服はどろどろ。大変だったのよ」

毎回毎回、同じことを話題にするのだ。そして、必ず言い添える。

「登吾くん、いい子にして、新子ちゃんと仲良くしてあげなきゃいけないわよ。新子ちゃんはおとうさんがいない、可哀想な子なんだからね」

炯子ちゃんは、自分の夫にも同じことをしていた。結婚前、湖にドライブへ行ったとき、このひと、急にお腹をこわしてしまったのよ。けど、トイレが見つからないから草むらで用を足したの。格好悪いでしょう？　下品なだけでつまらないこの話を、新子は幾度聞かされたかわからない。神崎の叔父さん、よく我慢できるなあと、子供心に思っていた。笑えねえんだよ、って言って張り倒しちゃえばいいのに。

他人をあざ笑い、傷つけるのが、炯子ちゃんにとってはこの上なく楽しい冗談だったのだろう。

それは、自分の息子に対しても同様だった。

「叔母の妊娠は、結婚する前にわかったんです。叔母は、産む気はなかった。神崎の叔父のことをそれほど好きではなかったから、堕胎《だたい》するつもりで病院へ行こうとしたら、神崎の叔父に泣きつかれた。叔母に頭を下げて、頼むから産んでくれ、結婚してくれと涙を流して引き止めた。それでおまえはこの世に産まれたのよ、と、あの子の眼の前で笑うんです」

「感謝しなさい。おとうさんが泣いて拝まなければ、あんたはこの世にいなかったのよ、登吾」

いかにも小気味よさげに口にするのを、新子の母親がさすがに止めた。

「子供に向かってそんな話をするのはやめなさいよ」

「どうして？」

炯子ちゃんは、猛然と反論した。

「正直に話しているだけじゃない。なにが悪いの？　おねえちゃんの方がおかしいわ。あたしは子供に嘘はつきたくない。おねえちゃんこそ、うしろ暗いことを隠し過ぎなんじゃないの？」

炯子ちゃんは、その後もその話を繰り返した。

「おねえちゃん、ほら、見て。登吾ったら、かなしそうな顔をしているわ」

そして、明らかに愉しんでいた。

「傷ついた？　可愛い子ねえ」

登吾。あたしの可愛い子。この子が泣きそうになる顔を見ると、たまらないわ。可愛い子、本当に可愛い子。

「でも」

仁村萠が、混乱したように首を振った。

「おかあさんだって、彼を可愛がっていたんですよね？　彼がいじめに遭っているとクラスの子に教えられたときは、学校へ怒鳴り込んだと聞きました」

「他人から教えられたから、でしょう。教えられなければ、そんな真似はしなかったと思います」

現に、神崎登吾が自らをナイフで傷つけたとき、烔子ちゃんは気づかずじまいだったのだ。

――かあさんには見えなかったんだろう。いつもと同じだ。

神崎登吾は、烔子ちゃんにも神崎の叔父にも似ていなかった。眼鼻立ちのくっきりした、整った顔立ちをしていた。烔子ちゃんにはそれが誇らしかったようだ。鼻の穴を膨《ふく》らませて自慢していた。

「会うひと、会うひとに、日本人離れしている、可愛いって褒められるのよ」

そして、新子の顔をちらりと見て、つけ加える。

「新子ちゃんは、純日本人顔よね。別れたおとうさんそっくりだもの。ま、一重《ひとえ》まぶたに細い吊り眼、低い鼻だって可愛くないわけじゃないけどね。少なくとも子供のうちは誤魔化せるわよ」

新子は、深く落ち込んだ。

「気にするんじゃないよ」

母親が、慰めた。

「他人の子供を指差して、あんたに似ちゃってひどいことになりましたね、なんて本音を言う人間はいないよ。炯子は例外。そりゃ、登吾はいい顔をしているけどさ。半分はお世辞《せじ》よ。確かにあんたは美人じゃないけど、多少ひしゃげているくらいの方が男の子にはもてる」

新子は立ち直れなかった。男になんかもてなくてもいい。が、美人でありたかった。ひしゃげてなどいたくない。

「確かにあの子は可愛らしい顔をしていました。だからこそ、叔母は野望を抱いたんでしょうね」

炯子ちゃんは、可愛い息子の写真をいくつかのモデル事務所に送りつけたのだ。そして、採用された。当時、神崎登吾は一歳半くらいだったろう。それから五、六年、けっこう仕事は来たらしい。新子は、いとこが写っている子供服の広告写真やイベントのモデル写真を、ずいぶん眼にしたものだった。

お仕事が忙しいのよ、と口にする炯子ちゃんは誇らしげだった。

「登吾くんのお仕事で今週は予定がいっぱいなの。最近じゃ、旦那より登吾くんの方が稼ぎがいいんだから」

炯子ちゃんは、すっかりステージママ化して、息子の「お仕事」につきっきりとなった。五歳のとき、神崎登吾は俳優養成所に入れられていた。名門小学校受験のため、家庭教師もつけられた。

そうするうち、炯子ちゃん夫婦の仲は、だんだんぎくしゃくしはじめた。

「あの子がモデル業で忙しかったころ、炯子ちゃんの旦那さんがわたしの母親に相談をしに来たことがあります。遊ぶ時間どころか、休む時間もない。あれじゃあんまりだと叔父は言っていたらしいです。でも、夫である自分がいくら意見をしても聞いてくれない。おねえさんから話してみてくれないか、とね。しかし、亭主の言葉さえ耳に入れないものを、うちの母親がどう注意をしたところで、処置なしです。炯子ちゃんが自分の方針を曲げるはずがない」

あのころの神崎登吾は犬の子みたいだったと、新子は思う。

「たまに一緒に出かけても、なにを食べたいとか、欲しいとか、いっさい言わない。おとなしすぎて気味が悪いくらいだったよね」

新子の母親もそう言っていた。こっちへ来い、と言えば来る。おすわりして、と言えば座る。笑って、と言われれば笑う。そう、烔子ちゃんの命令に従って笑うのだ。同じ年ごろの男の子たちとはまるきり違っていた。はしゃぎまわったり、騒いだりすることは決してなかった。

「登吾くんは迷子にもなったことがないの。いい子でしょう?」

烔子ちゃんは嬉しそうだったけど、あれでは人間の子供とはいえない。よくしつけられた犬の子だ。

だが、烔子ちゃんは幸福だった。それだけは間違いない。

あの子は、舞台に立ったこともある。市の公民館で、大人に交じって演技をした。券をもらって、新子もその公演を観た。演目は『青い鳥』、あの子が扮《ふん》したのは「未来の王国」の子供のひとり、というほんの端役《はやく》だったけれど、烔子ちゃんは興奮しきっていた。

「うまく演技したわね。台詞《せりふ》も、ひとつもとちらなかった。いい子だったわ。ね、そう思うでしょう?」

呼吸を弾《はず》ませ、きらきらと眼を輝かせて、新子の母親に同意を求めていた。あの日が炯子ちゃんの絶頂だった。

「登吾くんのご両親が離婚したのは、教育方針の違いが原因だったんでしょうか」

「はっきりしたことはわからないんですが、モデル事務所の社長と炯子さんができちゃったせいだ、と、うちの母親には説明していました」

新子は言葉を切った。

それが事実ではないことは、つい先日、神崎登吾から聞いたばかりだ。だが、仁村萠に本当のことを告げる気にはなれない。

「おまけに、あの子が神経性の病気になってしまった」

七歳の神崎登吾は、病んでいた。

口を閉ざし、食べ物を受けつけなくなり、蚊のようにやせ衰えた。

そのため、モデルは辞めた。稼ぎが減ったため、せっかく入った私立の小学校も転校せざるを得なかった。

炯子ちゃんは、不幸になった。

「登吾には裏切られたわ。いずれは俳優にさせたかった。もっと仕事をして、稼いでくれると信じていた。あたしは亭主を犠牲にしてまであの子に尽くしたのに、みんな無駄になっちゃった」

　炯子ちゃんは、愚痴った。何度も何度も、同じことを言っていた。

「あんなに心が弱い子だなんて、神崎の血筋なんだわ。育てていく自信がなくなっちゃった」

　新子の母親は、あきれたように言い返した。

「あの子の人生をめちゃくちゃにしてまで続けるべきだったと思う？　悪いのはぜんぶ旦那さんのせい？　本気で言っているの？」

　炯子ちゃんは、唇を歪《ゆが》めた。

「そりゃ、おねえちゃんにとっちゃ他人ごとだからね。登吾が出来損ないだったのも、あたしがなにもかも失ったのも、さぞかしいい気持ちでしょうよ」


「可愛い息子は、一転して出来損ないになったんです」


　がたん、と店の扉が開いた。

　ベレー帽をかぶり、厚手のニットコートを着込んだ老人が入って来て、カウンター席に座った。店主はいらっしゃいと唇だけを動かして、すぐさまカップを用意している。常連の客だ。

「あの子と一緒に過ごすようになったのは、そのころです」

新子はカップを取り上げ、冷めたコーヒーを啜《すす》り上げた。

「あの子は小学二年生、わたしは中学一年生でした。当時、わたしの母親は商売をしていました。スナックの雇われママをしていたんです」

母親は、もとはふぐ料理店で仲居として働いていた。接客や働きぶりは悪くなかったのだろう。店の現主人の父親である七十代のご隠居から、自分が経営している店を手伝ってくれないかと持ちかけられたのだ。ご隠居が家族には内緒で若い愛人に任せていた店だったのだが、彼女は男を作って駆け落ちしてしまった。ご隠居としては、そのまま閉店するのは業腹《ごうはら》だったらしい。そこそこ繁盛していた店だったという理由もあったろう。

「母が任されるようになったその店で、叔母もしばらく働いていた時期があったんです。はじめはあの子にひとりで留守番をさせていたんですが、近所のひとになにか言われたみたいですね。で、夜は母親とわたしの住んでいたアパートにあの子を預かることになったんです」

「そのころ、彼の病気はよくなっていたんでしょうか」

「完治していたかどうかはわかりませんが、最悪の状態は脱していたみたいですね。はっきりしたことは言えません。わたしたち、話はあまりしなかったんですよ」

中学生の女の子と小学生の男の子、ただでさえ会話はしづらい。おまけに炯子ちゃんは相変わらず新子の癇《かん》に障《さわ》った。

登吾くんは病気なの。新子ちゃん、おねえちゃんでしょう？　親切にしてあげてちょうだいね。

いかにも押しつけがましい言い方だった。冗談じゃねえや、と新子は思った。病気の息子の世話をまる投げしやがって。わたしの知ったことか。

「わたしはあの子に親切じゃなかった。あの子が好きじゃなかったんです。家に来ても、わたしはほとんどあの子を無視していました」

仁村萠は大きな眼をまるくした。

「どうしてですか」

「今までの話でわかりませんでしたか？」

新子はいくぶん皮肉に笑った。

「小さいころから、なにかにつけて可愛いいとこと較べられて、不良品扱いを受け続けて来たんですよ」

午後遅く、神崎登吾がトートバッグを肩から提げてやって来る。新子は宿題をしたり、本を読んだり、ＴＶを観たり、自分の好きなことをしていた。

小僧。

「一緒に遊んだりはしなかったんですか？」

「花札を教えました。気が向いたとき、少しだけ遊んだ。それだけです」

自分が口を開かなければ、いつまでもじいっと黙っている、気に食わない小僧。沈黙に耐えられなかったのは、新子の方だった。

「ねえ、遊んだことある？」

新子は、父親から教わった唯一の遊びをいとこに教えた。松、梅、桜、藤、菖蒲《あやめ》、牡丹《ぼたん》、萩《はぎ》、芒《すすき》、菊、紅葉、柳、桐《きり》の札を、山から引いて場に出し、手持ちの札と合わせていく、役なしの馬鹿ッ花。

「二十点は、松に鶴、桜に幕、それから柳の下で傘を差したおっさん、桐の花に鳳《ほう》凰《おう》ね。短冊の札は五点。植物だけの絵はカス札。鹿とか猪とか盃《さかずき》とかが入ったのは十点」

説明しながら、父親が自分にこの遊びを教えた理由がわかった気がした。子供にもすぐ呑み込めて、誰が強いも弱いもない、単純な絵合わせのゲームだからだ。

「松の札は松で取れる。梅は梅。四枚ずつあるから、四人家族みたいなものよ」

新子の説明を、神崎登吾はおとなしく聞いていた。

「家族を集める。最後に手持ちの点数が多い方が勝ち」

「カス札って、なに？」

神崎登吾が、はじめて訊いた。

「カス札は、何点？」

「カスはカスよ。零点」

「何枚集めても零点？」

「そうだよ。でも、持っていれば二十点も十点も取れる」

向き合って遊んでいても、ルールの確認以外、会話らしき会話はなかった。新子も神崎登吾も、ほとんど口を利かず、黙々と花札を引いては場に並べていた。傍《はた》から見たらさぞかし異常な光景だっただろう、と思う。

新子がいとこと花札で遊んでいた期間は、それほど長くは続かなかった。

「半年くらいで、あの子はうちに来なくなりました。母が叔母を馘首《クビ》にしたんです」

よくある話だ。炯子ちゃんは、お客と出来た。

それも、相手はひとりではなかった。炯子ちゃんは、見境《みさかい》なく何人もの男に粉をかけたのだという。新子の母親は、こぼしていた。

「営業としてお客さんに色気を売るのなら歓迎よ。炯子は違う。露骨にお客を自分の部屋に誘うの。あれでは困る」

「それから数年は、叔母たちとはほとんど行き来をしませんでした。お互い、ごく近いところに住んでいたんですけどね」

「秋葉台団地の近くですか」

新子は、ちょっと驚いた。仁村萠は、あの子の当時の住まいを知っているのだ。あの子が教えたのだろうか。

がたん、と店の扉がまた開く。

「いらっしゃいませ」

背の高い男が入って来て、ちらりとこちらに眼を向けた。

「あの子に再会したのは、叔母が亡くなったときです」

新来の客に遠慮して、新子は声をわずかに小さくする。

「叔母の死後、あの子はうちで暮らすことになりました。当時は以前のアパートから、もう少し広いマンションに移っていましたけど」

「彼のおとうさんは、息子を引き取らなかったんですか？」

「神崎の叔父にはすでに一緒に暮らしている女のひとがいたようです。叔母が生きているあいだは入籍できなかったけど、ようやく正式に結婚ができた。子供だって欲しかったんでしょうしね」

新子ちゃん可哀想、可哀想。

炯子ちゃんは、あれだけ新子を憐れみながら、けっきょくは自分の息子も同じ境遇にしたのだ。

「神崎の叔父以外に、あの子を引き取りたいと言って来たひとはいたみたいです。でも、母は断った」

母親は言っていた。たぶん、炯子の愛人でしょ。よく家に入り浸っていたという男よ。気持ち悪いから、ぴしっと断ってやった。あの子には立派な父親もいるし、あたしという身内もいるんだから、あんたみたいな他人はお呼びじゃないですよってね。

その後も、男は母親に幾度か手紙や電話をよこした。その都度、母親は同じ文句を繰り返していた。やがて男からの連絡は止《や》んだ。

あきらめたのか。いいや、そうではない。いくら連絡したくてもできなくなったのだ。

「でも、うちに来なかった方が、あの子のためにはよかった気がします」

「どうしてですか」

「以前にも増して、わたしはあの子にやさしくなかったですしね」

　それだけではない。

　新子の母親は、まめまめしく甥っ子の世話を焼いた。

「ごはん、もう要らないの？」「たくさん食べなきゃ駄目よ。男の子なんだから」

「洗濯物、出しておいてね」「遠慮しないでいいのよ。おかあさんだと思っていいの」

　新子にとっては、面白くない話だった。母親は、小学校低学年のころから朝食も弁当も作ってくれなかった。洗濯も自分でした。女の子なんだから自分でやりなさい、と言いわたされたのだ。理不尽な話だ。そのうえ、神崎登吾は自分より広い八畳の個室まで与えられた。不公平極まりない。

　おまけに、神崎登吾は、妙な部分でわがままだった。

「あの子のこと、登吾くん、って名前で呼んじゃ駄目だよ」

　母親に言われた。

「自分の名前が嫌いなんだってさ」

　新子はいまいましい気分になる。面倒くさい小僧だ。

「じゃあ、どう呼べばいいっていうの」

母親は肩をすくめた。

「ねえ、でいいんじゃないの？」

つき合っていられるものか。だったら、あいつをいっさい呼ばないまでだ。

「あの子は、難しい年齢《とし》で、親を亡くしたばかりなんだからね」母親がなだめるように言った。「親身になって、いたわってやらなきゃいけない」

またかよ。昔からずっと、神崎登吾には親切にしろと言われ続けだ。いい加減うんざりだった。

それに、新子には見えていたのだ。

甥っ子に対する母親の親切には、母性だけではない、どこかいやらしい媚《こび》がある。新子は高校生になっていた。母親が水商売をはじめて以降、いくつかの男出入りも見てきた。もっと大人であれば、見ないふりもできただろう。だが、新子はそこまで成熟していなかった。母親のそんな姿を眼にしていたくはなかった。

その嫌悪感が、神崎登吾への反感となった。

当時、新子はソフトボール部の活動とファミリーレストランのアルバイトで忙しい毎日を送っていた。宿題はアルバイト先の休憩室で片づけていたし、休日はバットとグローブを摑んで河川敷《かせんじき》のグラウンドへ飛び出していく。ほとんど家にはいなかった。だから、壁を接した隣室で寝起きしている神崎登吾とは、ろくに口を利かなくて済んだ。

まともに顔を合わせるのは、朝だけだった。洗面所で出くわして、ぎょっとする。神崎登吾は、おはようも言わない。動物園にいる昼間の猛獣のように、のっそりと立っている。

薄気味の悪いやつ。

すれ違いざま、ふっと吸い込む。汗の匂い。他人の匂い。異性の匂い。

「可愛い弟ができたみたいじゃない？」

友だちにからかわれると、心の底から不快になった。

あんなやつ、ちっとも可愛くないし、ましてや弟なはずがない。

高校二年の冬の夜だった。

新子は夜更かしをして、期末試験の勉強をしていた。歴史のテストの一夜漬けだ。ひたすらノートを暗記していた。

机に向かったまま、うとうとしていたらしい。誰かが玄関で転んだ音で眼が覚めた。母親だろうか。見に行く気は起きなかった。どうせまた酔っぱらっているのだろう。関わっている暇はない。

がたん、ごとんと物音がしている。聞こえないふりでやり過ごして、一時間ほど経ったころ、トイレに立った。

　トイレの戸は開いていた。便器の前に、神崎登吾がうずくまっている。

「どうしたの」

　さすがに驚いて、声をかけていた。

「ちょっと、具合が悪いの？」

　返事はない。

「ねえ、大丈夫？」

　背中を揺さぶった。

「……じゃない」

　ようやくいとこは返事をした。つんと酒の匂いがした。

「お酒を飲んだの、あんた？」

「……飲めって言われた。男なんだから飲めって」

「男だろうけど、まだ中学生じゃないの、あんた」

　新子は腹が立ってきた。この子だって、そろそろ試験の時期じゃないのか。

「誰に飲まされたの？　まさか、おふくろ？」

　母親が店に連れていって、無理矢理に酒を飲ませたのだろうか。やりかねない。

「違う。雅恵《まさえ》さん」

神崎登吾がよろよろと腕を上げて、トイレの水を流した。

「雅恵さん？」

母親の店で働いている女だ。二十代の半ばくらいで、若いのにしっかりした娘《こ》だと、母親からは信頼されている。

「雅恵さん、休みだから、今日は遊んでやるって」

「遊んでやる？」

「いつも可愛がってやっているんだから、つき合えって」

神崎登吾は、問われるまま力なく答えた。母親も雅恵さんも、これまでもしばしば神崎登吾を連れ出して、あちこち出歩いていたらしい。いい子だから、ごちそうしてあげる。プレゼントをしてあげる。酒を飲ませるのもはじめてではなかった。

「断りなさいよ」

新子は声を荒げた。

「断れない」

神崎登吾が弱々しく首を振る。

「こうして家に住まわせてもらって、親切にしてもらっている。断れっこない」

新子の胆《はら》の怒りがどんどん増していく。確かにそれは、母親の口からしばしば聞いたことがある台詞だった。あたしはあの子を引き取ってやった。不自由がないよう気を遣ってやっている。またはじまった、と聞き流していたが、こうして神崎登吾の口から聞かされると、やりきれない気持ちになる。

やさしくしてやる？　可愛がる？　その挙句《あげく》がこの仕打ちか。子供相手になにを考えているんだ。悪ふざけが過ぎる。

「お水、飲む？」

神崎登吾が、うう、と呻《うめ》きながら頷いた。新子は、洗面台の蛇口からコップに水を汲んだ。

「ほら、お水だよ」

神崎登吾が、のろのろと頭を上げて、コップを受け取った。新子はどきりとした。神崎登吾の濡れた唇に、赤い紅が残っている。

雅恵さん？

瞬間、新子の肌に粟《あわ》が立った。

母親も雅恵さんも、この子を玩具《おもちゃ》にしているんだ。可愛がってやっている、という名目で。

「もういいよ」

コップの水をひと口啜り込んだ神崎登吾が、苦しげに言った。

「おれのことは、もう抛《ほう》っておいていい」

新子はなにも言えなかった。

「やさしくしないでいいよ。頼むから」

「好意って、ひとによっては暴力的な形を取るんですよね」

こみ上げる苦いものを飲み込みながら、新子は言った。

「好きだから。よかれと思ったから。それがすべての通行券になる」

「通行券？」

仁村萠が、怪訝《けげん》そうに繰り返す。それは、神崎登吾の言葉だった。

──おまえが好きだ、友だちになろう。そう言って近づいてくるやつは、みんな同じだった。好きだと口にさえすれば、おれを支配する通行券が得られたように思っている。

「いったん通ってしまえば、あとはなにをしてもいい。そのひとを傷つけようが、愚弄《ぐろう》しようが、澄ましていられる、言いわけです。好きだからした、可愛がった、悪気はなかった、よかれと思った」

新子にも、今はわかる。そんな人間が、神崎登吾の周囲には多すぎたのだ。

「でも、好きだという感情は悪いことじゃないでしょう？」

仁村萠が、いくぶん不服そうに言った。

「好きだから、そのひとのためにいろいろなことをしたくなるのは、当たり前だと思います」

「そのひとが望んでいないことでもですか？」

「大切な相手であれば、そのひとが間違っているときは、ちゃんと指摘して、直してあげるべきです」

「正論ですね」

　真っ直ぐに育ったんだな、と、新子はいくぶん皮肉に思った。きっと、親や周囲から、愛情を素直に注がれてきたのだ。理不尽な悪意や怒りを浴びせられることもなかった。愛情は善だと信じている。

　仁村萠は、自分の正しさを微塵も疑わない。だが、と新子は考える。だが、神崎登吾は、その正しさを信じられただろうか。

　この女には、やはりこれ以上のことを話すべきではない。

三

　二週間前。

　同じ店の、同じ席で、新子は神崎登吾と会っていた。

母親の三回目の命日に、墓地でばったり顔を合わせたのだ。葬式以来の再会だった。そのまま別れるわけにもいかない気がして、お茶を飲もうと誘った。

「元気だった？」

新子は訊いた。神崎登吾は、以前より少しやせたように見えた。

「ちゃんと食事している？」

「たまに忘れる」

カウンターは珍しく満席だった。客の肩の向こうに、店主が忙しそうに動いているのが見える。

「仕事はしているの？」

「求職中」

「お墓詣りに来てくれてありがとう。でも、わざわざ来なくてもいいんだよ。わたしは法事もする気がないしね」

「仕事もしていないし、暇だったんだ」

「そもそもあんた、うちのかあさんを好きじゃなかったでしょう？」

神崎登吾は苦笑した。

「どう返事をすればいいの」

「返事は要らないよ。傍《そば》にいたからわかっているだけ」

神崎登吾は、ポケットから小さな紙包みを取り出した。

「郵送する手間がはぶけた。受け取って」

「なに？」

「開けてみてよ」

包みを開いて、新子は思わず吹き出した。ひと組の花札が入っていたのだ。

「今でも遊んでいる？」

「遊んでいないけど、こうして手に取ったらひさびさにやりたくなった。いい札だね。絵がきれい」

「気に入った？」

「ありがとう。悪いね。わたしはなにもあげたことがないのに」

「もらったよ」

「なにを？」

「花札」

新子は首を傾《かし》げた。

「あげたっけ？」

「夜のあいだ、しばらく預かってもらっていたことがあったじゃない。明日からはもう来ない、という日に、新子さんがくれた」

と言われても、一緒に遊んだ記憶はあるが、花札を贈った覚えはまったくなかった。

「いつかお返ししなきゃいけないと思っていたんだ」

「よく覚えていたね。気にしなくてよかったのに。わたしはずっとあんたには不親切だったでしょう。やさしい言葉ひとつかけなかった」

「だから信じられる。やさしい言葉をかけてくれるひとは、なるべく信じたくない」

神崎登吾はコーヒーカップを手の中でもてあそんでいる。新子は、つい訊ねていた。

「恋人はいるの？」

神崎登吾は、一瞬の間を置いてから、答えた。

「好きなひとができたよ」

「うらやましい。お盛んなものじゃないの」

新子は笑った。カウンターの奥の店主がちらりと視線を送ってよこした。

「このごろ、ようやくわかって来た。どうやら、好きという感情は、ほかのひとたちとおれとでは違うみたいだ」

「どういうこと？」

「今、信じたくないと言ったのは、おれが馬鹿みたいに信じやすい人間だからなんだ。誰かと知り合う。ちょっとでもやさしくされると、すぐに信じたくなる。このひとはおれを嫌いじゃない。ひょっとしたら、好きになってくれたのかもしれない。舞い上がって、そう期待する」

新子は眼を見張った。

「そうなの？」

信じられない。昔から不愛想な男なのに。

「いつだってそうだ」

神崎登吾は、平然と答えた。

「話をするうち、お互いの共通点がひとつでも見つかると、たまらなく嬉しくなる。おれたちは似ているのかもしれない。出会うべくして出会ったのかもしれない。思い込みもするし、口にも出すよ。単純だろう？」

新子は首を横に振った。

「単純というより、短絡的」

「そう。そこが間違いのもとなんだよ」

神崎登吾は、他人ごとのように呟《つぶや》く。

「このひとからもっとよく思われたい、好きだと言って欲しくなる。好きだ、なんて言葉は当てにならない、危ないものだ。頭ではわかっている。その言葉を信じては裏切られて来たんだ。でも、今度は違うんじゃないかと考える。今度こそは本物じゃないかとね。このひとに嫌われたくない。いったん受けた好意を失いたくない。だから、おれのことをもっと好きになってくれるよう、相手に調子を合わせる」

「わたしだって、好きなひとからはよく思われたい。そこは同じだよ」

カウンター席から立ち上がって、客が出ていく。ありがとうございましたと店主が声をかける。

「だけど、無理して相手に合わせ過ぎていたら、そのうち自分が苦しくならない？」

「なるよ。ある日、おれは自分の早とちり、勘違いに気づく。おれと彼女はまったく似ていない。価値観はまるで合わない。けれど、それは彼女のせいじゃないし、似ていなくてもいい。ただ、彼女の好意は失いたくない。心からそう思う。でも、彼女の方は逆だ。最初のおれの思い込みのまま、それを貫こうとする。似ている二人であろうとする。共通の価値観を持つことを要求する。その要求は、つき合いが深まるごとに強くなる。新子さんは、好きなひとを自分の思うように動かしたいと思う？」

「つき合えば、多かれ少なかれそうなるものでしょう」

新子は、カウンターの奥を見るともなしに見る。過去の記憶の断片が、いくつか胸に浮かんでくる。

「失いたくない。けれど、期待に応じられなくなっていく。そのひとに求められれば、それなりに変わってみせる努力はする。けれど、けっきょくはなにも変えられない」

「変えられないんじゃない。変えたくないんじゃないの？」

「そうだよ、そのとおりだ」

神崎登吾は、コーヒーカップを受け皿の上に戻した。

「そのくせ、おれは失いたくない。誰かを『好き』でいたい」

「だからなの？」

新子にも、ようやく神崎登吾の言わんとするところが見えてきた。

「それであんたはほかのひとを求めるの？　次の『好き』がはじまるわけ？」

確かにこの子の「好き」は、なにかがおかしい。新子は思う。それは「好き」という感情ではない。この子は、相手の好意に次々とすがりついているだけじゃないか。まるで、溺れる者が救いの綱を摑むように。

神崎登吾は、誰も「好き」になどなってはいない。

「新子さんが言いたいことはわかるよ」

神崎登吾は、小さく笑った。

「でも、今のひとは、これまでとは違う。共通点はあるけど、似てはいない。話は合わないし、やさしくもない。あまり好かれてはいないみたいだ。それでも、好きになった」

「自分から、積極的に？」

神崎登吾は、ゆっくりと頷いた。

「はじめてかもしれない」

「…………」

「だから、今度こそは今までとは違うようになれると信じたい」

「うまくいくといいね」

それしか、新子には言葉がない。

「新子さんは、去年引っ越したんだよね」

神崎登吾が、話題を変えた。

「この街に移って来たのは、おばさんのお墓が近いから？」

「まさか。わたしはそれほど親孝行な娘じゃない。勤め先に通いやすいからだよ」

本当のことを言ったら、神崎登吾はどう思うだろう。実をいえば、以前の住まいに較べて、病院は遠くなった。乗り換えもあって通勤は不便だ。それでもこの街に住んだのは、今いる、この喫茶店があるからなのだ。

「さっき、新子さんはああ言ったけど、おれは、おばさんが嫌いじゃない。恩を感じているよ」

「立派な人間とは言えなかったけどね」

新子は苦い溜息をついた。母親とは、最後までいい関係とはいえなかった。働いて、金を稼いで、ひとりで娘を育て上げた母親。そのあいだ、何人もの恋人を持った母親。離婚してからの歳月は長かった。商売も商売だったし、男たちとの関係なしで生きていくことは難しかっただろう。新子にも理解はできる。大学まで通わせてもらったのだ。責められるはずはない。三十歳を過ぎた現在、新子自身もまた、男との断ちきれない繋がりを握りしめている。

それでも十代のころに眼にした光景の数々が、新子の心を冷やしてしまう。場面のひとつには、酔わされた神崎登吾の後ろ姿もある。

「でも、おばさんは間違いなく人間だった。おれのかあさんとは違う」

「炯子《けいこ》ちゃんは人間じゃなかった?」

「妖怪だよ。他人に負《お》ぶさって押しつぶす妖怪がいるじゃない。あれ」

新子は思わず笑っていた。

「子泣きじじい？　ひどいね」

しかし、わからなくはない。以前、母親が話していた。

炯子には、労働意欲はかけらもないよ。学校を卒業しても、自分から職を求めることには積極的ではなかった。仕事なんて結婚までの繋ぎだ、と広言して、アルバイト程度の勤めはしても、長続きはしない。男と出会うと、すぐに頼ろうとする。好きよ好きよと押しまくって、恋人の関係になると、そのひとの住まいに転がり込む。別れると出て来る。それを繰り返すうち、神崎を捕まえた。でも、主婦の役は務めきれなかった。自分のために働く意志さえない怠け女に、家庭を守りぬく覚悟があるはずもなかったのよ。

「おばさんと違って、かあさんは男にすぐ寄りかかろうとした。でも、男好きってわけじゃない。かあさんは誰のことも好きじゃなかった。他人に尽くすのは、利用価値がはっきり眼に見えているあいだだけだった」

母親の声が、また新子の耳に蘇《よみがえ》った。

そのあたり、炯子ははっきりしたものよ。男だけじゃない。我が子に対してもそうだったじゃないの。

「かあさんは、金への執着が強かった。とうさんがどう言って来ても、死ぬまで籍を抜かなかったのは、生活費を従来どおり入れさせるためだった。離婚しちゃったら、誤魔化されることもある」

新子は溜息をついた。「うちみたいにね」

「とうさんは気が弱いから、おれを盾に取られると、かあさんの要求を突っぱねられなかった」

馬鹿か利口かといったら、馬鹿よ。長期の計算はできないんだもの。瞬間的な判断だけで生きていた。女は、若いうちはそれでけっこういい思いができるものね。だから思うのよ。炯子は、あのとき死んでよかった。あのままの生き方でばあさんになったら、だいぶ悲惨なことになったと思うわ。

「お蔭で、金はじゅうぶん遺《のこ》してくれたけどね」

それも母親から聞いている。炯子ちゃんは多額の生命保険をかけていたのである。それも、息子が成人するまでの学費を払ってもまだたっぷりおつりが来るほどの額だった。母親が甥を引き取ったのは、その事実も無関係ではなかった。母親は幾度も神崎登吾から金を借りていて、返さないまま死んだのだ。

「かあさんは、妖怪だよ」

神崎登吾が、吐き棄てた。

「おれは、かあさんが嫌いだった」

沈黙。

やがて、神崎登吾はふたたび口を開いた。

「疑ったことはなかった？　かあさんを殺したのは、おれじゃないかって」

新子は、まじまじといとこの顔を見直していた。

「悪い冗談を言わないでよ。事故だったんでしょう？」

「警察の見解はね。団地の住民は自殺だと考えていたんじゃないかな」

神崎登吾は、うっすら微笑を浮かべていた。

「かあさんは、思いどおりにならないことがあると、すぐに癇癪《かんしゃく》を破裂させた。ベランダに飛び出して、ここから飛び降りて死んでやるって、団地じゅうに響きわたるような声でわめきはじめる。言うことを素直に聞け、あたしが死んだらおまえのせいだと脅《おど》すんだ。死んだあの日も、母さんは朝から機嫌が悪かった。おれが地《ち》村《むら》さんと出かけるのを厭《いや》がったから」

「地村さん？」

「モデル事務所の社長だよ。おれが仕事を辞めてからも、週に一度は訪ねて来ていた。あのころ、うちには雨宮《あまみや》さんと地村さんという二人の男が出入りしていた。雨宮さんは、おれの家庭教師だった男だ。あの夜は、団地の祭りにおれを連れ出すよう、かあさんと地村さんのあいだで話が決まっていたんだ」

炯子ちゃんが死んだとき、神崎登吾を引き取りたいと申し出た男がいたと、母親から聞いたことを新子は思い出した。たぶん、炯子の愛人でしょ、と母親は言っていた。

「炯子ちゃんは、そのひとたちとつき合っていたの?」

「二人とも、かあさんに会いに来ていたわけじゃない」

「え?」

新子は、息を詰めた。

「かあさんは、周囲にそう思わせようとしていたけどね」

「どういう意味?」

「かあさんは、金になることなら何でもしたっていうことだよ」

神崎登吾は、テーブルの上に置かれた花札に眼をやった。

「おれは、二十点の札を取ることができるカス札だった」

「…………」

「おれは、かあさんが嫌いだった。それに気づいたのは、かあさんが死んだ夜だ。それまでは、気づいていなかった。かあさんの期待に応えなければいけない。かあさんの言うとおりにしていなければいけない。かあさんがいなくなったら、自分も生きてはいけないように思っていた。ふつうの家庭のふつうの子供みたいに。かあさんが口にする言葉を信じていた」

新子は思い出す。

炯子ちゃんは息子を抱き上げて、頬ずりをしながら言っていた。

可愛いわね、登吾くん、大好きよ。あんたはあたしの生きがいよ。あんたがいなければ生きていけない。だから言うことを聞いてね、登吾。あたしの言うことを聞いて、あたしをよろこばせて。あたしがあんたを産んであげたのだから。こんなに思ってあげているのだから。

「おれは、病気のせいで仕事ができなくなった。かあさんを失望させた。それ以上、悪い子になるわけにはいかなかった」

神崎登吾が、呟くように続ける。

「あの男たちは、大事なお友だちだと、かあさんは言った。二人とも、おれのことがとても好きで、可愛いと思っているんだ。だから遊んでくれるのよ。よかったわね。一緒にお出かけして来なさい。おれは言いなりにならなければいけなかった。おれがちょっとでも愚図《ぐず》ると、かあさんは怒り出す。あたしはお友だちを信じている。お友だちなんだから、あんたに悪いことをするはずがないでしょう。かあさんは、なにも見えず、なにも聞こえないふりをしていた」

新子は氷の塊《かたまり》を飲んだような気分になる。

「あのころ、おれは追いつめられていた。学校にも居場所はなかった。おまえが好きだ、友だちになろう。そう言って近づいてくるやつは、みんな同じだった。好きだと口にさえすれば、おれを支配する通行券が得られたように思っている。おれは果物ナイフを買って、毎日持ち歩いていた。けれど、誰も傷つけることはできなかった。刺せたのは、自分自身だけだ」

「刺したの、自分を？」

「浅くしか刺せなかった」

神崎登吾が自嘲《じちょう》した。

「おれは自殺すらできなかったんだ」

「炯子ちゃんは、驚いたでしょう？」

「かあさんは気づかなかったよ。血で汚れたシャツは、家の生ごみ入れに棄てたのに、見えなかったんだろう。見たくないものは、見ない。いつもと同じだ」

あの女。

軽い吐き気を催《もよお》して、新子は奥歯を嚙みしめた。

「でも、かあさんが死んで、ようやく出口が見つかったことを知った」

炯子ちゃんは、あの女はまともな人間じゃなかった。神崎登吾の言うとおり、妖怪だったのだ。

「死んでくれて嬉しかったよ。それでようやくわかった。おれはかあさんが嫌いだったんだ、と」

そうだ。もしベランダから突き落とされたのだとしても、同情などできない。

「地村さんは、おれを引き取ろうと言っていたってね。おばさんが断ってくれて助かった。あんなやつの世話になんか、ぜったいにならない。なりたくないよ」

そうか、それを口にしたのは、地村という「お友だち」の方だったか。

「何度か連絡があったけど、そのうちあきらめたらしいって聞いた」

「あきらめたんじゃない。地村さんは死んだんだ」

「死んだ？」

「酔って風呂に入って、浴槽で溺れたそうだよ。あのひとはひとり暮らしだった。一週間くらい経ってから、ひどい状態で発見されたんだ」

「運が悪かったね」

言いながら、新子は内心、首を傾げた。神崎登吾はなぜそれを知っているのだろう。

「運だと思う？」

神崎登吾は小さく笑った。

「かあさんの死に方にちょっと似ていると思わない？」

新子は慄然《りつぜん》とする。

この子は、母親を殺したのだろうか。母親ばかりではなく、地村という男も？

「大人になるっていいことだね。嫌いなひとから逃げられる。逃げたいときに、飛び出せる」

もしかしたら、この子は告白をしたいのかもしれない。だからこうして話をしているのかもしれない。

今、訊いてみるべきだろうか。

あんたは、炯子ちゃんを殺したの？

「もっとも、夜はいまだにあの団地に住んでいる夢をみるけどね。思い出からは逃げられない」

そのとき、新子は悟った。

神崎登吾は、いまだに逃げきれていない。炯子ちゃんという妖怪を背負ったまま生きている。

あんたが、炯子ちゃんを殺したの？

訊ねてみる勇気はついに出ないまま、新子はいとこと別れた。

四

新子が話すべき話は、尽きた。

「登吾くんは、夢みたいな話ばかりしていたんです」

仁村萠が、ぽつりぽつりと話している。

「若いうちは働いて、いずれは山小屋へこもるんだ、なんて」

カウンターの老人客が店を出ていった。店主がカップを片づける、食器の触れ合う音。柱時計が十一時を打った。カウンターにいるもうひとりの客、背の高い男は、静かにコーヒーを飲んでいる。

「まともに就職しないと、年齢をとってから困るって言ったんですけど、登吾くんは耳を貸してくれなかった」

あの子は、彼女には話さなかったのだろうか。「夢みたいな話」がまるきり妄想じゃない程度の金は持っていることを。

「登吾くん、気難しいところがあったから」

「そうやって名前を呼ぶの、厭がりませんでしたか」

新子は訊いていた。あの子は、自分の名前が嫌いだった。昔はおかしなことを言うやつだと思っていたが、今は理解できる。登吾くん、登吾くん。甘い声で囁《ささや》いては、あの子を「可愛がって」いた炯子ちゃん。

——おれは自殺すらできなかったんだ。

本当に嫌っていたのは、おそらく名前ではない。「いい子」にしているしかなかった、無力だった自分自身の過去を、あの子は憎んでいたんだ。

「ええ」

仁村蒴は、平然と答えた。

「厭だと言われたことはあります」

「それなのに、そう呼んでいるんですか」

「だって、自分の名前なのに厭がるなんておかしいですよ。とても素敵な名前じゃありませんか」

あんたは、そのように考えるかもしれませんけどね。あの子にとっては、違うんです。

「それに、彼のことを名前で呼んでいた女は」

仁村蒴が、いささか憎々しげな調子で続ける。「ほかにもいましたから」

対抗心なのか。なるほどね。

新子の胸がじくじくと痛む。

仁村萠は、悪い女というわけではないだろう。まともではないのは、神崎登吾の方なのだ。仁村萠は、好きだから、つき合っていたから、神崎登吾の「おかしい」部分を変えようとした。さっきも言っていたではないか。大切な相手であれば、そのひとが間違っているときは、ちゃんと指摘して、直してあげるべきです、と。

彼女は、よかれと思って、歩み寄ろうとしただけなのだ。それに、離れていった男を思いきれない気持ちは、わかりすぎるほどわかる。

わたしも同じなのだ、と新子は思う。

カウンターの向こうにいる店主。勤めていた病院で出会い、二年間を共に暮らし、別れた。一緒にいた時期より、別れてからの歳月の方が長い。それなのに、忘れられない。仕事を変え、商売をはじめたことを知って、この街に住んだ。まだひとり身だとは聞いているが、顎を殴るような仕草は、今ではほかの女にしているのだろう。だが、同じことをほかの男にして欲しいとは、新子にはどうしても思えない。

男は迷惑しているかもしれない。けど、傍にいたい。その気持ちが抑えられない。仁村萠を止める資格はない。それでも、新子は言わずにはいられなかった。

「これ以上、あの子を追わないでやってくれませんか」

「でも、どうしても会って話がしたいんです」

断じて引き下がらない、という眼だった。

「私は彼が好きなんです。その気持ちがあれば、彼を変えられると信じています」

「あの子の気持ちは変えられません」

無駄だと知りつつ、新子は言った。言うことしかできなかった。

「このまま、あの子を自由にさせてやってください」

「どうしてそんなことを言うんですか」

仁村萠の顔色がはっきりと変わった。

「よけいなお世話です。あなたに関係はないでしょう」

「わたしだって、あなたたちに関係したくはなかったですよ。巻き込んだのはあなたの方です」

「うるさい」

吼《ほ》えるなり、仁村萠は椅子を蹴って立ち上がった。

「もう、けっこうです。あんたなんかに、私の気持ちはわからない」

仁村萠は、テーブルの上に千円札を二枚叩きつけて店を出ていった。


「話は終わり?」

コーヒーカップを下げに来た店主が、小声で訊いた。

「騒がせてごめんなさい。おかわりをくれる？」

「大変な騒ぎだったたな。なにをした？」

「なにも」新子は苦笑を返した。「なにもするな、と彼女に言っただけ」

「それで、よけいなお世話、か。若さだな。腹は減らないか」

「減った。なにか食べさせて」

こうしてなれ合った口を利き合うのが、いちばん嬉しい時間だった。何年も前、男の気性《きしょう》の荒さにも、約束を守らない不実さにも、耐えられなくなって別れを告げたのは、新子の方だった。それなのに、なぜ追うのかわからない。かつての苦い思いを忘れきったわけではない。しょせんは一度終わった仲だ。無理には求めたくない。この男の顔を見るだけで、声を聴いているだけで、よしとしなければならない。

けれど、それだけでは満足できないのが本音だ。だから苦しい。

あんたなんかにわからない、か。わからないはずはない。同じ気持ちを、新子も持っている。

好きだという感情は、なぜ生まれるのだろう。好きではない部分もたくさん見えているのに、消えてはくれない。

自分が想うほどに、この男は自分を想ってくれない。自分を苦しめるだけの男だ。頭ではそう理解しているのに、どうして断ち切ることができないのだろう。

神崎登吾のように、すぐにほかの人間を好きになればいいのかもしれない。そうすれば忘れられる。だが、新子にそれはできなかった。

ひとりの人間に「好き」の鎖で縛られている自分と、誰にも鎖をかけられないまま彷徨《ほうこう》している神崎登吾。

どちらも満たされない。どちらも渇いている。

「ごちそうさま」

カウンターにいた背の高い客が立ち上がって、こちらを見た。一瞬、新子と眼が合う。おや、と思った。

このひと、どこかで会ったことがあるような気がする。

情景が浮かんだ。三年前の母親の通夜だ。焼香客《しょうこう》の中にいた？

いや、そんなはずはない。思い違いだ。

新子は病院で大勢の患者やその家族と接している。そういう経験は多い。それに、この店にはしょっちゅう来ているのだ。きっと以前も居合わせたことがあるのだろう。新子はすぐにカウンターの客を心から追い出した。

神崎登吾の姿が胸に浮かんだ。

仁村萠か。面倒なことになりそうだな。

新子は眼を閉じた。

——登吾。

逃げろ。遠くへ。

うんと遠くへ。そしていつか。

好きなひとと、しあわせになれ。

最終話　送り狼

午後八時半。雨音がいちだんと激しくなって来た。

「今夜はさっぱりだね」

年季の入った木のカウンターの向こうで、店主のひさ江《え》さんが溜息をついた。

「昼間の定食のお客も、今日は少なかったもの。この時期の雨は商売人泣かせだよ、まったく」

店の引戸を細く開けて、可南子《かなこ》は外の様子を窺《うかが》う。アスファルトに叩きつけられた雨が白くしぶきをあげている。路地には、ひとの姿がまるでない。

「ただでさえ水曜日は入りが悪いのに、昼過ぎから降られちゃねえ」

戸の隙間から、凍えそうに冷たい空気が入って来る。いよいよ冬も本番のようだ。可南子の膝がじくじくと痛んだ。雨の日には決まって痛む、古傷。

「いつもなら、例の坊やが顔を出すころじゃない？」

可南子は引戸をそっと閉めた。

「もうちょっと遅いですよ。来るなら九時を過ぎてからです」

例の坊や、とは、ここ一ヵ月ほど、毎日のようにやって来るようになった若い男だ。酒はあまり飲まない。ビールの中瓶を一本空け、刺身のひと皿、煮物とひと鉢程度のつまみを頼んで、どんぶり飯と味噌汁で締めて帰っていく。ちょっと眼を惹《ひ》く顔立ちだが、ひさ江さんが話しかけても、はあ、とか、いや、としか答えない。

無口な性質らしい。自然、愛想がいいとはいえない可南子とは会話らしい会話をしたことがない。

「あの坊やのお給仕が済んだら、今夜は早めに上がっていいよ、可南子ちゃん」

「はい」

いつもなら、ビル街の裏手にある飲み屋横丁の小料理屋「ひさ江」での可南子の勤務は、夕方六時から十一時半までだ。しかし、こんなどしゃ降りの雨では帰るのも気が重い。それに今夜は、早く帰っても会いたいひとには会えない。

可南子の人生にようやく訪れたあたたかな希望。だけど、だからこそ、無闇《むやみ》にすがりつきたくはない。

もう若くない。こんなにも強く思えるのは、これで最後かもしれないのだ。大事にしたい。

「いらっしゃい」

ひさ江さんが、華やいだ声を上げた。可南子はほっとした。ようやく客が入って来たのだ。時給が頼りの身としては、少しでも長い時間働ける方がずっとありがたいに決まっている。

可南子は、客の男の顔をそっと見た。四十歳か、もう少し上だろうか。

「こちらのお席へどうぞ。うちへは、はじめてですよね？」

ひさ江さんが小首を傾《かし》げてみせる。可南子がこの店で働きはじめて一年近くになるが、確かに覚えがない顔だ。もっとも、可南子は他人の顔を覚えるのが苦手な性質だった。つくづく客商売向きではないと自分でもあきれている。

「お寒いですねえ」

ひさ江さんは、小柄なまるい躰を弾《はず》ませるようにして、カウンターに熱いおしぼりを置いた。

「本当に、今日は寒い」

背の高い男は、くぐもった声で応じた。

「ひどく、寒い」

濡れたトレンチコートを脱ぎながら、カウンターの席に腰をかける。椅子の背を引く指先が小刻みに震えている。よほど躰が冷えきっているのだろう。

「コート、こちらでお預かりしますよ」

可南子が声をかけると、男は一瞬、ためらったようだった。

「どうぞ、ここへ掛けますから」

男がまるめかけたコートを可南子に手渡す。ポケットから、くしゃくしゃに皺がよった共布のベルトが落ちた。

「すみませんね」

男はまだ震えの止まらない手でベルトを拾い上げると、ジャケットの内ポケットにねじ込んだ。

「そちらもハンガーに掛けておきますよ」

「いいんです。汚れているから」

言って、男はひさ江さんの方を向いてしまった。

「冷えますね。このままでは、雪になりそうだ」

ひさ江さんは、渋面《じゅうめん》を作った。

「雪は困りますねえ。ご注文は何にします？」

「お燗《かん》をつけてください。それから、煮込みをひとつ」

「いいですね。躰が温まりますよ」


雨の音。

可南子は、好きな男のことを考えた。

今夜は長野までトラックを走らせているはずだ。天気はどうだったろう。あちらはもう雪になっているだろう。

どうか事故がありませんように。無事に帰って来ますように。

客の注文に応じて、ひさ江さんが徳利《とつくり》を火にかけ、牛筋《ぎゅうすじ》の煮込みを温めはじめた。

「おかみさん、ご結婚は?」

男が訊く。

「したことはあるんですけどねえ」

ひさ江さんはのんびりと答える。

「好きなひとはいますか?」

はっはっは、とひさ江さんが豪快に笑い飛ばす。

「この年齢《とし》になると、惚《ほ》れた腫《は》れたは面倒なだけでしてね」

「まだそんな年齢じゃないでしょう、おかみさん」

「これで来年は古稀ですよ」

「え、そうは見えませんね」

男はいくぶん驚いたらしかった。そりゃそうだ、と可南子は思う。本当は、ひさ江さんはまだ還暦《かんれき》前なのだ。なのに十歳以上も多くさばを読んでいる。ひさ江さんによると、理由はこうだ。社交辞令にくたびれちまったのよ。あら若いわきれいだわって、心にもないお上手のやりとりにはいい加減うんざりしちゃった。あたしが若いわけないのは鏡が毎朝たっぷり教えてくれるよ。だから多く言うことに決めたの。相手も無理なお世辞《せじ》を使わなくていいじゃない。心の底から言ってくれるよ。若いですねって。

ひさ江さんは変わっているのだ。だから自分のような愛嬌《あいきょう》に乏《とぼ》しい女を雇ってくれているのだ。

「そういう浮いたお話はね」

カウンターの向こうから、ひさ江さんは可南子に視線を投げた。

「あっちの若い子に訊いてください」

男が振り向いて、可南子を見た。わたしに振るのか。困ったな。可南子は作り笑いを浮かべてみせる。そんなに若くはないんだけどね。

「あなた、好きなひとはいるんですか」

どうしよう。何と答えよう。嘘をつくのは好きではなかったが、本当のことを答える義務もない。

「恋愛は苦手なんです」

本音ではある。可南子は誰も好きになりたくなどなかった。誰とも深く関わらず、ひとりで生きていければ、傷を負わされることはない。思う人間から拒《こば》まれるのは、一度や二度でたくさんだ。自分は誰も信じない。ましてや好意などめったに抱かない。そういう人間なのだと思い込もうとした。好きにならない以上、好かれることなど求めないようにしていた。

なのに、出会ってしまった。彼のことだけは、好きになるのを止められなかった。

「ぼくも、同じです。恋愛は得意じゃない。ひとりの人間しか想えない」

男は言った。

「そのひとだけを、ずっと、見てきた。ずっと、力になりたいと思ってきた。ぼくだけの思いです」

「相手の方《かた》は違うんですか」

ひさ江さんが、話を合わせながら、徳利と盃《さかずき》を男の前に差し出した。

「嫌われています」

「あらあら、悲しいこと」

男が取り上げた盃に、ひさ江さんが酒を注ぐ。

「仕方がない。好きだと思うのは、こちらの勝手ですからね。振り向いてもらおうなんて、期待はしない。そのつもりでした。見返りを求めるべきじゃない」

何だろう、この男。ずいぶんと饒舌《じょうぜつ》だ。

「わかってはいるんですが、そうはいかないものですね。やはりぼくは求めてしまっている。いつかは、とね」

熱にでも浮かされたように喋《しゃべ》る男の横顔を、可南子はしげしげと見つめる。まるでわ誰かを強く想っている。そのひとのことを語りたくて仕方がないのだ。まるでわたしのように。

「そりゃそうです。好きだっていうのは、煎《せん》じ詰めれば好かれたいってことでしょう？」

ひさ江さんが、器に盛った煮込みを男の前に置く。

「そのひとに、どのくらいのあいだ片思いをしているんですか」

「二十年以上」

「おやまあ、それは気が長い」

「あの子が子供のときからです。母親の望みどおりのいい子だった」

男は、含みのある言い方をした。

「いい子過ぎて、壊れかけていました」

可南子は耳をそばだてた。どういう意味だろう。

「大学生のころ、ぼくはあの子の家庭教師として雇われたんです。国語と算数と、英語を少し教えた。物わかりは非常によかった。飽きることも、愚図《ぐず》ることもなく、机の前に座って、言われるままに問題集を解く。よけいな言葉はいっさい言わない。まだ小学校へ上がる前の子供が、ですよ」

「信じられませんね」

ひさ江さんが頭を振った。

「あたしも子供を二人育てたけど、小さいころはいっときもじっとしちゃいなかった。少しでも眼を離したら最後、ちょろちょろちょろちょろ、よけいなことばかりしていたもんです。叱り続けで咽喉《のど》が嗄《か》れましたよ」

「ぼくも尋常じゃないと思った。不安になりました。けれど、いくら話しかけても、うん、か、ううん、しか答えない。そのうちあの子はどんどんやせ細り、入院をした。心を病んでいた。ずっと前から病んでいたんです。母親も父親も気づかなかっただけで」

はじめての客にしては、重い話をする。いや、むしろ、はじめてだから、するのだろうか。雨に降られて、たまたま足を踏み入れた未知の店。二度と来ないつもりでいるのかもしれない。男の尖《とが》った肩を見るともなしに見ながら、可南子は考える。ずいぶんやせているんだな。彼とは違う。彼の肩はがっしりと力強い。思ってしまってから、小さく苦笑した。このところ、よその男を好きな男と較べる癖がついている。初恋を覚えたての小娘と同じだ。誰を見ても彼を思い出す。

「あの子が病気になったため、ぼくは家庭教師をお払い箱になりました。けれど、あの子から離れる気にはなれなかった」

「つまり」ひさ江さんが、困ったように眉を寄せた。「あなた、その子を好きになっていたんですか。そんな齢下の幼い子を」

「おっしゃりたいことはわかります。けれど、安心してください。ぼくは幼児性愛者ってわけじゃない。確かに、おかみさんの言うように、好きになっていたんでしょうね。けれど、そんな風に思ったのは、あの子に対してだけです。それに、そんな子供に欲望を感じたわけじゃない。ただ、助けたかった」

子供だから欲望を感じなかった？　本当だろうか。

幼稚園に通っていたころ、昼間でも薄暗い神社の境内《けいだい》で、可南子はひとり、石を蹴って遊んでいた。団地の敷地の外れにあるその神社で、同じ団地に住むまゆみちゃんと待ち合わせをしていたのだ。

十分も待っただろうか。不意に現われた知らない男が、なにをしているの、と声をかけて来た。

ひとりきりじゃ危ないよ。おうちはどこなの？

可南子は身構えた。そのころ、生まれ育った団地のあたりには、たびたび痴漢が現われていた。知らないひとに話しかけられても、ついて行ってはいけません。あやしいひとを見かけたら、すぐに大人に報告しなさい。幼稚園の先生には幾度も注意を受けていた。子供だけでは神社にも行かないように言われていたのだ。

このおじさんは、あやしいひとなのだろうか。やさしそうに見えるけれど。

ためらっているうち、おじさんは身をかがめ、可南子の顔を覗《のぞ》き込んだ。

その髪型、かわいいね。

可南子はうつむいた。照れくさかったのだ。母親も父親も、髪を伸ばしてお団子に結いたがる可南子を褒めてはくれなかった。

きみ、名前は何ていうの？

「どうしても助けたい。強くそう思ったのは、あの子の中に自分自身を見ていたからかもしれない。幼いころ、ぼくもまた病んでいたんです。親父がひどい男でしてね。返事が悪い、態度が悪いと、理由をつけては殴られた」

「ひどいですねえ」

「ぼくはいじけて怯《おび》えきった子供でした。あの子も同じだった。同じに見えた。大人の気まぐれに振りまわされ、傷つけられて、それでも大人は間違っていないと信じ込まされている。大人たちに悪意はない。みな、自分にとってよかれと思うことをしてくれているはずだ。だから自分の痛みは自分のせいだと思い込んでしまっている。だから、ぼくはあの子に伝えたかった。きみはなにも悪くないんだ。ぼくには、きみの気持ちがよく理解できるのだとね」

「そんな風に言ってもらえれば、救いになりますよ」

「ところが言えなかったんです。言う隙もないほど、あの子は自らを閉ざしてしまっていた」

「もどかしかったでしょうね」

「自分自身が歯がゆかったですよ。だから家庭教師としてお役御免になったとき、ぼくはあの子の母親に頼んだんです。金は要らない。ただ、今後もあの子の力にならせて欲しい。母親は変な笑い方をしましたよ。あなたはあの子のお友だちになってくれるのね」

友だち。

可南子は、ぞっとした。あのとき、あのおじさんもそう言ったのだ。

ぼくと、友だちになってくれないか。

「母親のお墨付きをもらったからといって、あの子と仲良くなれたわけではありませんでした。あの子はぼくを警戒していた」

それはそうだろう。子供にも、大人の笑顔の下にある、異様な感情が読みとれることはある。

あのおじさんのときが、そうだった。

おじさんは、続けてこう言った。

どうか友だちになって欲しい。きみが好きになったんだ。

好き?

可南子は、ぞっとした。

会ったばかりで、なにを言っているんだろう、このおじさん。そんなこと、誰にも言われたことはない。友だちにだって、家族にだって。

このおじさん、変だ。

こわい。可南子は、男から逃げ出した。神社を飛び出し、遊歩道へ出て、全速力で走った。逃げなきゃ。おうちへ帰らなきゃ。可南子が育った、三十三号棟の五一五号室。可南子の安全な居場所。もっと速く、もっと速く。走らなきゃ。振り向くのが怖い。おじさんが追って来ていたら、どうしよう?

棟の入口に着いたところで、ようやく後ろを確かめた。追って来ている人間はいない。安堵《あんど》でへたり込みそうになったところで、まゆみちゃんとの約束をようやく思い出した。

まゆみちゃんは、大丈夫だろうか。神社は危ない。あのおじさんがいる。

可南子は、五階へ駆け上がった。おかあさんに話して、まゆみちゃんの家に電話をかけてもらい、事情を伝えてもらおうと考えたのだ。だが、おかあさんは可南子の話を半分までしか聞いてくれなかった。

おかあさんの言うことを聞かないから、危ない目に遭うのよ。髪は短くしなさい。いいわね？

叱りつけられた。可南子は面食らって返事もできなかった。確かに、可南子が髪型にこだわると、おかあさんはいい顔をしなかった。短く切れとは言われていた。しかし、それがどうしてあのおじさんの件と関係があるのだろう。

おかあさんは、続けて言った。

毎朝毎朝、髪なんかいじりまわして、いやらしい。小さいうちから色気を出すからいけないの。

色気を出す？　そんなつもりはまったくなかった。

うるせえな。なにをがちゃがちゃ騒いでいやがるんだ。

奥の部屋から、おとうさんが怒鳴った。いつも昼間から寝床にいて、働いているのを見たことがない、可南子のおとうさん。

そいつは本能的に男を誘っているんだ。さすがはおまえの娘だよ。

装《よそお》いたいと思うのは、女であるということなのか。それは、そんなに悪いことなのか？

可南子にはわからなかった。わからぬまま、翌日、まゆみちゃんから約束を破ったことをひどく責められた。へんなおじさんがいたから逃げたの、と説明しても、まゆみちゃんは許してくれなかった。あたしはそんなおじさんなんか見なかった。一時間も待ったんだからね。もう二度と可南ちゃんなんかと約束しない。可南ちゃんは信じない。

そして週末、おかあさんの手によって、可南子の髪は男の子のように短く刈られた。

生まれ育ったおうちが安全な居場所ではないことに気がつきはじめたのは、そのころからだった。

「ぼくは、あの子と本当の意味での友だちになろうとしました。休みのたび、遊園地へ行ったり、水族館へ行ったり、動物園へ行ったりしたんです。けれど、なにを見せても、あの子はほとんど興味を示しませんでした。日によっては、笑顔を見せてくれることもある。話をしてくれることもある。けれど、次に会った日には、またもとの状態に戻っている。話しかけても、会話は続かない。少しでも踏み込もうとすると、すぐに殻《から》を閉ざしてしまうんです。いつまで経っても一進一退で、親しくはなれなかった」

この男はわかっていないと、可南子は思った。

男の好意自体が、その子にとっては受け入れがたい、気持ちの悪い毒だったのかもしれないではないか。好きでもない人間から寄せられる好意ほど心を重くするものはないのだから。

――きみが好きになったんだ。

耳の奥に残っている、あの言葉。今でも吐き気がする。あの見知らぬ男は、そんな言葉で、可南子からなにを得ようとしたのだろう。好意を示すことで、たやすく信用を得ようとしたのだろうか。信用させて、なにを奪うつもりだったのだろう。

さいわいあの日、可南子は逃げることができた。が、その子は逃げることができなかった。おそらくは、母親のお墨つき、とやらのせいで。

「そのうち、あの子の重い口の下から、ようやくぼくは知りました」

男の声が低くなった。

「あの子にとって、大人の男のお友だちは、ぼくだけではなかったんです。しかも、母親は、そいつから金を受け取っていた」

ひさ江さんが、いたましげに呟《つぶや》いた。「何てこと」

「ぼくはあの子になにもしていません。指一本触れませんでした。けれど、そいつがなにをしたか、ぼくにはわからない。あの子は決してそれを言いませんでした。

ただ、お友だちが厭《いや》でたまらないのだと、それだけを言いました。でも、会わないと、かあさんが怒るから、と」

その母親は、お友だちという言葉を用いることで、自分の眼に蓋《ふた》をしてしまったのだろう。そして、眼の前で起きていることはなにも気づかないふりをしたのだ。

同じような母親を、可南子はよく知っている。

「あの子は言いました。好きだ、友だちだと言って近づいて来るひとたちは、みんなひどいことばかりする。なぜなんだろう、どうして、自分を好きなはずのひとたちは、自分が厭がることや、傷つけることをするんだろう、とね」


憶えがある。

小学五年生のころ、同じクラスだった悠美《ゆみ》ちゃんがそうだ。クラス替えの直後、お友だちになろうと話しかけてきたのは悠美ちゃんの方だった。

あんた、三十三号棟の子でしょう。あたしは三十四号棟に住んでいるの。すぐお隣りだよね。仲良くしよう。

以来、悠美ちゃんは、ことあるごとに可南子に言うのだ。あたし、可南ちゃんが大好き。ずうっと親友でいようね。

そして、その見返りに、悠美ちゃんは服従を求めた。

大谷《おおたに》さんと口を利かないで。あたし、あの子のこと大っ嫌いなの。つき合っちゃ駄目だよ。

そのハンカチ、あたしも同じのを持っている。誰かと同じなんて厭だ。二度と学校に持ってこないで。

可南子は諾々《だくだく》と従った。彼女が気に入らないことは、ぜったいにしてはならない。だって、悠美ちゃんはいつだって可南子に甘く囁《ささや》いてくれるのだ。

可南ちゃんが大好き。親友でいようね。

そんなことを言ってくれる友だちはほかにはいなかった。

が、はかない友情は、ある日、突然に終わった。悠美ちゃんが、ほかのクラスメイトに自慢げに言っているのを聞いてしまったのだ。

可南ちゃんは、あたしの言うことなら何でも聞くよ。当然だよ。あの子のおとうさん、アルコール依存症でずっと入院しているんだって。おにいちゃんは不良だし、不幸なおうちの子なんだ。仲良くしてあげているのは、あたしだけだもの。

「ぼくはほかの連中とは違う。あの子を何とかして助けたかった」

男は静かに語り続けている。

「その思いは、少しは通じたようです。ある日、あの子は言ったんです。先生と自分は似ているのかな。自分のことをわかってくれるのは、先生だけなのかもしれないと。その言葉が、ぼくには忘れられないんです」

「その子はまさか意識しちゃいなかったろうけど、それは殺し文句ですね」

ひさ江さんが苦笑まじりに言う。

「俺たちは似た者同士、おまえだけが頼りだ。好きな男にそう言われて、あたしものぼせ上がっちゃったことがありますよ。大昔の話だけど」

「わかります。文字どおり、ぼくにとっても殺し文句でした」

男も笑った。

「あの言葉が、ぼくに次の一歩を踏み出す勇気をくれた」

「でもね、その男、ほかの女にも同じ台詞《せりふ》を言っていやがった。それに気がついたのは、お金も時間もずいぶん使わされたあとでした。まったく馬鹿な目に遭いました。ま、あたしのことはともかくとして、その子はまず母親から引き離すべきでしたね」

「ぼくもそう思いました」

男が酒を口に含んで、飲みほした。指先の震えはようやくおさまったらしかった。

「あの子が小学五年生の夏、母親は死にました。住んでいた部屋のベランダから墜《お》ちたんです」

可南子は、はっとした。

ベランダから墜ちた？

同じ経験は、可南子にもある。

中学二年生のとき、ベランダから飛び降りたのだ。「おうち」には、もはや居場所はなかった。おとうさんは断酒の失敗を繰り返し、病院から帰って来ない。おかあさんとは口を開けば言い合いになった。学校でも、挨拶以上に話す友だちはいなかった。

自分なんて要らないと思っていた。自分が死んでも、誰も悲しまない。

コンクリートの歩道に当たれば死ねたのに、可南子はその手前、つつじの植え込みの中に墜ちた。両脚を骨折し、二ヵ月入院した。現在でも、可南子は脚が悪い。こんな寒さの日は、膝のあたりが鈍く痛む。

病院で、おかあさんは言った。事故でしょう。そうよね。あんたのことだもの、ぼうっとしていたんだ。決まっている。ぼんやりして、ベランダの手すりからうっかり身を乗り出し過ぎたんでしょう。小さいときにも、そんなことがあったよ。そうでしょう。運がよかったよ。そう考えなくちゃね。あんたは運がいい子だ。しっかりしてちょうだい。ただでさえおとうさんの病気が長引いて大変だっていうのに、あんたまで苦労をかけないでよ。

高校を中退して、家にはほとんど寄りつかなくなっていた兄は、一度だけ見舞いに来た。思った以上におまえは馬鹿だな、とベッドの上の可南子に吐き棄てた。今度やるなら失敗するなよ。

兄の言葉の方が、可南子を元気づけた。

そうだ、今度やるなら、ぜったいに失敗しない。そう決めてからは、二度と自殺を試みたことはない。

「自殺したんですか？　それとも事故？」

ひさ江さんが訊いた。

「突き落とされたんですよ」

「誰に？」

「ぼくに」

「お客さん、悪い冗談ですよ」

ひさ江さんが笑い声を上げて、可南子に視線を送って来る。うまく愛想笑いを返そうとしたが、頬が引きつった。

「ぼくは、あの子のためなら何だってやりますよ」

男は悠然《ゆうぜん》とお銚子《ちょうし》を傾ける。

「あの子を自由にしてやりたかったから、悪いお友だちにもいなくなってもらいました」

悪い冗談だ。

可南子が飛び降りた半年ほどのち、別の棟でも女の転落事件があった。その女が墜ちたのも植え込みの中だったという話だった。が、彼女は助からなかった。なにが運命を分けたのだろう。

彼女の死は、自殺ではなかったらしい。事故だったとも、突き落とされたという噂も、耳にした。

本当に、悪い冗談だ。

「あの子の母親は、死んでもいい女でしたよ。あのままでは、あの子は食いつぶされていた。母親の姿を借りた妖怪でした。おかみさんもそう思うでしょう？」

男は、徳利を指先で軽く持ち上げて、おかわりを頼む。

「母親が死んで、あの子はやっと自由になれたんです。殻が破れたように、他人を好きにもなった」

　ひさ江さんがガス台に向かって、新しいお燗をつけはじめる。

「なり過ぎるくらいかな。中学の同級生にはじまって、高校の後輩、アルバイト先のファストフード店で働いていた子。おせんべい屋の子に告白されたこともある。リサイクルショップの同僚ともつき合った。とにかく次から次へと、貪《むさぼ》るように相手を求めていった。けれど、ぼくのことだけは求めてくれませんでした」

　入口の引戸ががたんと鳴る。お客だろうか。可南子は壁の時計を見た。八時五十分。いくらかはやめだが、いつもの「坊や」が来たのだろうか。

「ぼくに向かって、はっきり言うようになりました。これ以上は近づかないでくれ。会いたくない。自分のことをいろいろ気にかけてくれることに感謝はできるけれど、好きにはなれない。頼むから消えてくれと」

　お客は入って来なかった。強い風が吹いただけらしい。

「仕方がない。あの子の生活から、ぼくは消えるしかなかった。蔭から見守っていくしかなかったんです」

　ひさ江さんの背中に向かって、男は語り続ける。

「好きなひとができた、というのは、あの子にとっては、叫びなんですよ。どんな過去があっても、好きなひとを求めるうちは、あの子は生きていける」

自分にとってもそうだ、と可南子は思う。

十九歳のとき、はじめての恋をした。

恋人と暮らすため、団地を飛び出した。その後、恋人とは別れたが、生まれ育ったその空間には、遂に戻ることはなかった。

足を踏み入れたことさえ、数えるほどしかない。おとうさんが死んだ二十二歳のときと、つい半年前におかあさんが死んだとき。どちらも、おにいちゃんには連絡がつかなかった。

可南子はひとりで部屋の後始末をした。荷物が多かったので、専門の業者を頼んだ。宮原リサイクル家具店、という遺品整理の会社だ。若い男が二人来た。如才のない男と愛想のない男。どちらも顔も覚えていない。

玄関の土間と、四畳のダイニング・キッチン。六畳の二間。２ＤＫの空間は、荷物をすべて運び出したあとでも、あきれるほどに狭かった。あんな小さなところに親子四人が暮らしていたのだ。

大嫌いだった、可南子の「おうち」。

老朽化した団地は、近々取り壊されるという。つくづくよかったと思う。

「けれど、あの子の恋は、長くは続かない。どんな相手にも、あの子は満足できない」

男の声が、可南子の追憶を破る。

「あの子の渇きを癒すことは、誰にもできない。みな、自分の咽喉を潤《うるお》すことしか考えない。それが見えた瞬間、あの子は幻滅する。そうして恋が終わるんです」

「よくわかりませんねえ」

ひさ江さんが、熱燗を差し出した。

「好きになったら、一緒にいる。難しいことはなにもないでしょう。喧嘩をしても、仲直りをすればいい。好きならね」

「あの子の、好き、は脆《もろ》いんです」

「そりゃ、本当に、芯から好きなわけじゃないんですよ」

「好きって言葉は、使うひとによって意味がぜんぶ違いますもんね」

可南子は、思わず言っていた。

「好き、とたやすく熱を上げ、軽く口に出すひとは、ちょっとでも気に食わないところを見つけると、あっさり嫌いに移っていく」

男は、肩越しに可南子を見返した。

「あなたは、軽くなさそうだ」

可南子は頷いた。

「だから恋愛に縁が薄いんです」

好きなひとには、なかなか会えない。だからこそ、ひとつひとつが重くなる。

「そう、あの子の、好き、は軽いのかもしれない。それだけ渇いているんです。自分を想ってくれる他人を求めずにはいられない。誰かを見つけると、あっという間に深みに落ちる。その底には幻滅がある。そして苦しむ。それでも他人を求める。すぐ眼の前にある水たまりを追い続ける。渇きながらね」

「お客さんは、本当にその方がお好きなんですね」

ひさ江さんが深々と頷いた。

「その方を理解していらっしゃる」

男は、ためらう様子もなく答えた。

「あの子を理解できるのは、ぼくだけです。あの子がどう考えようと、ぼくたちは似ている。深い部分まで理解し合える。それだけは間違いがないんだ」

一瞬の間を置いて、続けた。

「けれど、あの子はぼくを好きになってくれない」

雨の音。

表通りで、自動車のクラクションが鳴った。

「お気を悪くされると困るんだけど」

　ひさ江さんが穏やかに言った。

「助けたい、守ってやりたいと相手に思わせる。そういうひとたちはたいがい『悪』いものなんですよ。当人たちにその気はなくても、相手を呑み込んでしまう。他人の人生を支配する。悪女であり悪い男なんです」

「なるほど、あの子も『悪』なのかな」

　男は少し笑ってみせた。

「あの子は、これまで多くの相手と出会い、別れて来た。いつも理由は単純です。新しい相手が現われるんです」

「もてるんですね、その方」

　可南子が言うと、男はちょっと笑ってみせた。

「今度の相手には、まだ片思いのようですが」

　片思いであれ両思いであれ、次から次へと好きなひとができるなんて、可南子には考えられないことだ。以前の別れから、今の相手に出会うまで、ひとりきりの冬を四回過ごした。

「ところが、つい先ごろ別れた恋人は、これまでとは勝手が違った。別れることを納得しなかった。そして、住まいも仕事も変えたあの子を追いかけはじめたんです。過去を追い、現在を追った。引越し先のアパートを突きとめ、部屋の前で待ち伏せし、あの子を責めました。相手にされないと、職場にも押しかけた。そして、よりを戻せ、おまえの好きなひとを殺してやる、と泣きわめいた」

「それはまあ」

ひさ江さんは眉を寄せた。

「かなり思いつめちゃいましたね」

「あの子にとっては、忌《い》まわしい過去の繰り返しでした。好きだと言ってくる人間が、もっともひどいことをする」

「でも、その棄てられた恋人も気の毒ですよ」

可南子は言っていた。

「お客さんの好きなひと、ちょっとばかり勝手すぎたんじゃないですか。二人のあいだでどんな行き違いがあったにせよ、好きなひとができたから別れる、なんて一方的に言われて、納得できなかったのは当たり前です」

「しかし、ぼくにとっては、そいつがあの子を苦しめる存在になった。それだけでじゅうぶんだった」

男は可南子に刺すような眼差しを向けた。

「ぼくはいつだって、あの子を救いたいと思ってきた」

可南子は少し気味が悪くなった。

このひと、どうしてこんな怖い眼つきでわたしを見るんだろう。

「あの子を傷つけるものから、守りたい。それだけを考えて生きてきたんです。ぼくは、あの子のためなら、何だってやれますよ。今までも、これからも」

店のすぐ外で、誰かが大声を上げた。

「なにかしら」

ひさ江さんが、気遣《きづか》わしげに入口を見やった。

「今日、そいつは会おうとしていたんです。あの子の好きなひとに」

小路の並びの店から、ひとが出てくる気配がする。ひとびとの声が雨音をかき消す。

「どうしたんでしょう」

可南子はひさ江さんと視線を交わした。

「事故でもあったのかしら」

ざわめきはいっそう大きくなった。警察とか救急車とか言う声がする。

「可南子ちゃん、ちょっと様子を見てくれる?」

「はい」

入口の引戸を開けて、可南子は外へ出た。路地には七、八人の人間が出て来ている。ふと横を見ると、隣りの串揚げ屋の主人が軒下に立っていた。

「なにかあったんですか」

　可南子が訊くと、串揚げ屋の主人は軽く首を傾げた。

「病人だってよ。あそこに倒れていたんだってさ」

　五十がらみの主人は、路地の一方、表通りに面した高層ビルの裏手あたりを指差した。

「まったく意識がないらしい。助かるといいがね。まだ若い女の子だそうだよ。こんな寒い雨の夜に災難だね」

　言う間にも、冷たい風が吹きつけて来る。可南子は身を縮めた。

「片思いであろうが両思いであろうが、関係なかった。ただただ憎い、邪魔者としか思えなかったんでしょう。会っていたら、ひどいことを言ったと思いますよ。下手をしたら傷つけていたかもしれない」

　可南子の背後で、男は喋り続けている。

「あの子と、あの子の好きなひとを傷つけるつもりだった。そうに違いない。あの子を、この先ずっと自分に縛りつけておきたかった。あの子の意志がどうであろうと、自分の意志を押しつける。愛情という名目があれば何でも許されるという身勝手な思い込みだ。ぼくはあの子を守らなければならなかった」

遠くから救急車のサイレンが近づいて来た。

「そろそろ行きます」

男が立ち上がる気配がする。

「雨が小やみになるまでいらっしゃったら？」

ひさ江さんが言った。

「いいえ。このお店も、そろそろ常連さんがお見えになる時間だ。招かれざる客は退散するころあいですよ」

可南子は振り向いた。男はコートを肩に引っかけている。

「何だった、可南子ちゃん」

ひさ江さんが訊ねる。

「急病人ですって。若い女の子」

「病人じゃない」

男はぼそっと言った。

「とっくに死んでいますよ」

可南子の肌が粟立《あわだ》った。同じことを考えていたのだ。倒れていた女の子は、病気じゃない。死んでいたのではないか、と。

「おいくら？」

男は内ポケットから革の長財布を取り出した。

同時に、地面になにかが落ちた。

「千五百円です」

落ちたものを、男はかがんで拾い上げた。店に入って来たとき、男が突っ込んだコートのベルトだった。

なにかを縛るか絞めるかしたかのように、しわくちゃになったベルト。

「ごちそうさまでした」

男が歩き出す。

「ありがとうございました」

「あなた、恋人がいるんですか」

可南子は咄嗟《とっさ》に頷いていた。

この店の常連である、長距離トラックの運転手の男。可南子より三歳齢上で、離婚歴がある。彼の過去も、可南子の過去も少しずつ話して来た。近いうち一緒に暮らすことになるだろう。

「お好きなんですね」

「ええ、とても好きなひとです」

はにかむこともなかった。素直に口から出た。

「そう」

男は頷き返した。

「今度の恋では、あの子は片思いのまま失恋するかもしれませんね」

「え？」

男は可南子の顔を見てはいなかった。

「あの子は苦しむ。けど、それでいい。それがあの子の希望なんだ。誰かを好きになれるうちは、生きていける」

「そのうち、いつかは」

カウンターの向こうから、ひさ江さんが力づけるように言った。

「いつかはお客さんの気持ちに応えてくれますよ」

「いつかは」

外に足を踏み出しながら、男は繰り返した。

「いつか、あの子は、ぼくの気持ちに応えてくれる。あの子とぼくは、同じ思いを抱いて生きている」

ぼくらは似ているんだと、呟いた。

可南子は、引戸を開けたまま、外の様子を眺めていた。

「変わったお客さんだったね」

　ひさ江さんが言う。

「眼が据わっていた。はじめてのお客さんなのに、妙にお喋りだったよね。うちに一見《いちげん》さんはめずらしい」

　可南子の視界に、さっきの客の背中は、とうにない。

「いったい全体、どうしてうちの店に来たんだろう」

　ひとり言のように、ひさ江さんが呟く。路地の入口の救急車が走り去り、野次馬も散った。

「九時だよ」

　カウンターの奥で、ひさ江さんがあくびをした。

「そろそろ来るわよね、坊や」

「そうですね」

「あの坊や、可南子ちゃんに気があるんじゃない」

　ひさ江さんがからかうように言う。

「あんたの姿ばかり眼で追っているもの」

「まさか」

「でも、遅かったね。あんたにはもう好きなひとがいるんだもの」

可南子は空を見上げた。

闇の中を雪が舞いはじめた。

本書は、二〇一六年十一月にPHP研究所から刊行された『好きなひとができました』に加筆・修正を行ない、改題したものです。

この物語はフィクションであり、実在の個人・組織・団体等とは一切関係ありません。

著者紹介
加藤　元（かとう　げん）
1973年、神奈川県生まれ。日本大学芸術学部中退。2009年、『山姫抄』（講談社文庫）で第４回小説現代長編新人賞を受賞しデビュー。2012年、『泣きながら、呼んだ人』が盛岡のさわや書店が主催する〈さわベス〉文芸部門第一位を獲得する。その他の著書に、『嫁の遺言』『金猫座の男たち』『ひかげ旅館へいらっしゃい』『四月一日亭ものがたり』『十号室』『四百三十円の神様』『本日はどうされました？』などがある。

ＰＨＰ文芸文庫　ほかに好きなひとができた

2022年９月22日　第１版第１刷

著者	加藤　元
発行者	永田貴之
発行所	株式会社ＰＨＰ研究所

東京本部　〒135-8137 江東区豊洲5-6-52
第三制作部　☎03-3520-9620（編集）
普及部　☎03-3520-9630（販売）
京都本部　〒601-8411 京都市南区西九条北ノ内町11
PHP INTERFACE　https://www.php.co.jp/

組版	朝日メディアインターナショナル株式会社
印刷所	大日本印刷株式会社
製本所	株式会社大進堂

ISBN978-4-569-90241-8

PHP文芸文庫

魔性

明野照葉 著

その女はもう逃げられない……。「魔性」を持つサイコパスの男の秘密と、彼に惹かれ転落していく女の運命を描いた、緊迫のサスペンス。

PHP文芸文庫

風神館の殺人

石持浅海 著

ある復讐のために高原の施設に集まった十人の中の一人が殺された。犯人の正体と目的が掴めぬ中、第二の殺人が！　長編密室ミステリ。

PHP文芸文庫

後宮の薬師《くすし》(一)〜(二)

平安なぞとき診療日記

小田菜摘 著

父から医術を学んだ一人の娘が、薬師として後宮へ。権力闘争に明け暮れる宮廷で起こる怪事件に、果敢に挑む！　平安お仕事ミステリー。

PHP文芸文庫

灼熱

秋吉理香子 著

顔を変え、名前を変え、復讐だけが宿願だった。愛のために人はどこまで狂えるのか？ 夫を殺された女の身を焦がす情念を描く衝撃作。

PHP文芸文庫

京都くれなゐ荘奇譚（一）〜（二）

白川紺子 著

女子高生・澪は旅先の京都で邪霊に襲われる。泊まった宿くれなゐ荘近くでも異変が……。「後宮の烏」シリーズの著者による呪術ミステリー。

PHP文芸文庫

あなたの不幸は蜜の味

イヤミス傑作選

宮部みゆき、辻村深月、小池真理子、沼田まほかる、新津きよみ、乃南アサ 著／細谷正充 編

いま旬の女性ミステリー作家による、「イヤミス」短編を集めたアンソロジー。見たくないと思いつつ、最後まで読まずにはいられません。

PHPの「小説・エッセイ」月刊文庫

『文蔵』

年10回（月の中旬）発売　文庫判並製（書籍扱い）　全国書店にて発売中

◆ミステリ、時代小説、恋愛小説、経済小説等、幅広いジャンルの小説やエッセイを通じて、人間を楽しみ、味わい、考える。

◆文庫判なので、携帯しやすく、短時間で「感動・発見・楽しみ」に出会える。

◆読む人の新たな著者・本と出会う「かけはし」となるべく、話題の著者へのインタビュー、話題作の読書ガイドといった特集企画も充実！

詳しくは、PHP研究所ホームページの「文蔵」コーナー（https://www.php.co.jp/bunzo/）をご覧ください。

文蔵とは……文庫は、和語で「ふみくら」とよまれ、書物を納めておく蔵を意味しました。文の蔵、それを音読みにして「ぶんぞう」。様々な個性あふれる「文」が詰まった媒体でありたいとの願いを込めています。